Italien d'origine sicilienne, né en 1925, Andrea Camilleri a mené une longue carrière à succès de metteur en scène pour le théâtre, la radio et la télévision, pour laquelle il a adapté *Maigret*.
D'abord auteur de poèmes et de nouvelles, Camilleri s'est mis sur le tard à écrire dans la langue de cette Sicile qu'il a quittée très tôt pour y revenir sans cesse. Il a ensuite écrit de nombreux romans, dont une série de romans policiers qui l'ont rendu célèbre.
Depuis de nombreuses années, le bouche à oreille d'abord, et l'intérêt des médias ensuite, ont donné naissance au « phénomène » Camilleri en Italie où ses livres sont régulièrement en tête des ventes.
Son héros, Salvo Montalbano, un concentré détonnant de fougue méditerranéenne et d'humeur bougonne, évolue avec humour et gourmandise au fil de ses enquêtes : entre autres, *La Forme de l'eau* (prix Mystère de la Critique 1999), *Le Tour de la bouée* (2005), *Un été ardent* (2009), *Les Ailes du sphinx* (2010), *La Piste de sable* (2011), *Le Champ du potier* (2012, lauréat du CWA International Dagger Award), *L'Âge du doute* (2013), *La Danse de la mouette* (2014), *La Chasse au trésor* (2015) et *Le Sourire d'Angelica* (2015).
Tous ont paru chez Fleuve Éditions.

Retrouvez toute l'actualité de l'auteur sur :
www.andreacamilleri.net

LA DANSE DE LA MOUETTE

DU MÊME AUTEUR

CHEZ POCKET

LES ENQUÊTES DU COMMISSAIRE MONTALBANO :

UN MOIS AVEC MONTALBANO
LA VOIX DU VIOLON
LA DÉMISSION DE MONTALBANO
L'EXCURSION À TINDARI
LA PEUR DE MONTALBANO
LE TOUR DE LA BOUÉE
LA PREMIÈRE ENQUÊTE DE MONTALBANO
LA LUNE DE PAPIER
UN ÉTÉ ARDENT
LES AILES DU SPHINX
LA PATIENCE DE L'ARAIGNÉE
UN MOIS AVEC MONTALBANO
LA PISTE DE SABLE
LE CHAMP DU POTIER
L'ÂGE DU DOUTE
LA DANSE DE LA MOUETTE

MEURTRE AUX POISSONS ROUGES
En collaboration avec CARLO LUCARELLI

ANDREA CAMILLERI

LA DANSE DE LA MOUETTE

Traduit de l'italien (Sicile)
par Serge Quadruppani

fleuvenoir

Titre original :
La Danza del gabbiano

FSC
www.fsc.org
MIXTE
Issu de sources responsables
FSC® C003309

Pocket, une marque d'Univers Poche,
est un éditeur qui s'engage pour
la préservation de son environnement
et qui utilise du papier fabriqué à partir
de bois provenant de forêts gérées
de manière responsable.

ISBN 978-2-266-26598-0

Avertissement du traducteur

L'œuvre littéraire d'Andrea Camilleri connaît dans son pays un succès tel, qu'on lui trouverait difficilement un équivalent dans le demi-siècle qui vient de s'écouler en Italie. Une bonne part de cette réussite tient à la langue si particulière qu'il emploie. En rendre la saveur est une entreprise délicate. Il faut d'abord faire percevoir les trois niveaux sur lesquels elle joue, chacun d'eux posant des problèmes spécifiques.

Le premier niveau est celui de l'italien « officiel », qui ne présente pas de difficulté particulière pour le traducteur : on le transpose dans un français le plus souvent situé, comme l'italien de l'auteur, dans un registre familier. Le troisième niveau est celui du dialecte pur : dans ces passages, toujours dialogués, soit le dialecte est suffisamment près de l'italien pour se passer de traduction, soit Camilleri en fournit une à la suite. À ce niveau-là, j'ai simplement traduit le dialecte en français en prenant la liberté de signaler dans le texte que le dialogue a lieu en sicilien (et en reproduisant parfois, pour la saveur, les phrases en dialecte, à côté du français).

La difficulté principale se présente au niveau intermédiaire, celui de l'italien sicilianisé, qui est à la fois celui du narrateur et de bon nombre de personnages. Il est truffé de termes qui ne sont pas du pur dialecte, mais plutôt des régionalismes (pour citer deux exemples très fréquents, *taliare* pour *guardare*, regarder, *spiare* pour *chiedere*, demander). Ces mots, Camilleri n'en fournit pas la traduction, car il les a placés de telle manière qu'on en saisisse le sens grâce au contexte (et aussi, souvent, grâce à la sonorité proche d'un mot connu). Voilà pourquoi les Italiens de bonne volonté (l'immense majorité, mais on en trouve encore qui prétendent ne rien comprendre à la langue « camillerienne ») n'ont pas besoin de glossaire, goûtent l'étrangeté de la langue et la comprennent pourtant.

Remplacer cette langue par un des parlers régionaux de la France ne m'a pas paru la bonne solution : soit ces parlers, tombés en désuétude, sont incompréhensibles à la plupart des lecteurs (et il semblerait bizarre de remplacer une langue bien vivante et ancrée dans les mots de la Sicile d'aujourd'hui par une langue morte), soit ce sont des modes de dire beaucoup trop éloignés des langues latines (un Camilleri en ch'timi aurait-il encore quelque chose de sicilien ?). Il a donc fallu renoncer à chercher terme à terme des équivalents à la totalité des régionalismes. Le « camillerien » n'est pas la transcription pure et simple d'un idiome par un linguiste, mais la création personnelle d'un écrivain, à partir du parler de la région d'Agrigente. Et cependant, si toute vraie traduction comporte une part de création littéraire, le traducteur doit aussi éviter de disputer son rôle à l'auteur : il était hors de question d'inventer une langue artificielle.

Pour rendre le niveau de l'italien sicilianisé, j'ai donc placé en certains endroits, comme des bornes rappelant à quels niveaux on se trouve, des termes du français du Midi. D'abord, parce que le français occitanisé s'est assez répandu, par diverses voies culturelles, pour que jusqu'à Calais on comprenne ce qu'est un « minot ». Ensuite, ces régionalismes apportent en français un parfum de Sud. J'ai par ailleurs choisi le parti de la littéralité, quand il s'est agi de rendre perceptibles certaines particularités de la construction des phrases (inversion sujet verbe : « *Montalbano sono* » : « Montalbano, je suis ») ou ce curieux emploi du passé simple (*chè fu ?* « qu'est-ce qu'il fut ? », pour « qu'est-ce qui se passe ? ») par où passe l'emphase sicilienne, ou bien encore l'usage intempérant de la préposition « à » avec des verbes directs, et le recours très fréquent à des formes pronominales (« se faisait un rêve » pour « faisait un rêve »), etc.

J'ai tenté aussi de transposer certaines des déformations qu'impose le maître de Porto Empedocle à l'italien classique, pour faire entendre la prononciation de sa terre : *pinsare* au lieu de *pensare* (« penser », en italien classique) a été traduit par « pinser », *aricordarsi* au lieu de *ricordarsi* (se rappeller) a été traduit par s'« arappeler », etc. Choix sûrement discutable, mais qui me paraît encore comme la moins mauvaise des solutions, car elle permet de suivre l'évolution du style de notre auteur. En effet, l'abondance des transpositions de déformations orales n'est pas la même dans les premiers Montalbano que dans les derniers (il semble que, son public désormais conquis et habitué, Camilleri hésite moins à faire entendre les singularités de sa musique), et leur présence plus ou moins importante dans tel ou tel passage du même livre n'est pas dépourvue de significations, volontaires ou non.

L'ensemble de ces partis pris de traduction aboutit à une langue assez éloignée de ce qu'il est convenu d'appeler le « bon français » : ma traduction peut paraître peu fluide et s'éloigne souvent délibérément de la correction grammaticale. Mais depuis quelques dizaines d'années, le travail des traducteurs a été orienté par la tentative de mieux rendre la langue de leurs auteurs en échappant à la dictature de la « fluidité » et du « grammaticalement correct », qui avait imposé à des générations de lecteurs français une idée trop vague du style réel de tant d'auteurs. Un tel mouvement rejoint aussi le travail des auteurs francophones qui s'emploient à libérer leur expression du carcan d'une langue sur laquelle on a beaucoup trop légiféré. À l'intérieur de ce cadre, à mon niveau artisanal, l'essentiel était, me semble-t-il, de tenter de restituer auprès du lecteur français la plus grande partie de ce que ressent le lecteur italien non sicilien à la lecture de Camilleri. Ce sentiment d'étrange familiarité que procure sa langue, écho de ce qu'on éprouve en rencontrant, en même temps qu'une île, une très ancienne et très moderne civilisation.

Serge Quadruppani

UN

Ce fut vers cinq heures et demie du matin qu'il ne supporta plus de rester l'œil écarquillé, à mater le plafond.

Ça avait commencé avec la vieillesse : d'habitude, passé minuit, il se calait dans le lit, lisait une demi-heure, et dès que ses yeux commençaient à papillonner, il prenait la bonne position, à savoir se coucher sur le côté droit, genoux pliés, la main droite ouverte paume en l'air sur le coussin et la joue appuyée sur la main, il fermait les yeux et, d'un coup, s'endormait.

Souvent par chance, il dormait comme ça jusqu'au matin, si ça se trouvait, il faisait ça tout à la file, mais certaines nuits au contraire, comme celle qui venait juste de se passer, au bout d'une paire d'heures de roupillon, il s'aréveillait sans aucune raison et il n'y avait plus moyen d'aréussir à retrouver le sommeil.

Une fois, parvenu aux extrémités du désespoir, il s'était levé et était allé se boire une demi-bouteille de whisky, dans l'espérance que ça lui donnerait sommeil. La conséquence avait été qu'il s'était présenté à l'aube, au commissariat, complètement bourré.

Il se leva, alla ouvrir la porte-fenêtre de la véranda.

La journée qui s'aprésentait était une vraie beauté, toute briquée de neuf ; on aurait dit un tableau peint de frais.

Mais le ressac déferlait un peu plus fort que d'habitude.

Il sortit et eut un *addrizzuni*, un frisson de froid. On était mi-mai et en d'autres temps il y aurait déjà un cagnard presque estival, alors que la journée avait encore un air de mois de mars.

Peut-être allait-elle se gâter en fin de matinée. À main droite, depuis le mont Russelo, quelques nuages noirs rappliquaient déjà.

Il rentra, alla dans la cuisine se préparer un café. Il se but la première tasse et s'enferma dans la salle de bains. Quand il sortit, habillé, il se prit sa deuxième tasse de café et alla la boire assis sur la véranda.

— Matinal, vous êtes, commissaire !

Il leva la main pour saluer.

C'était M. Puccio qui poussait la barque dans l'eau, se hissait dedans, commençait à ramer en pointant vers le large.

Depuis combien d'années le voyait-il exécuter les mêmes mouvements ?

Puis il s'absorba dans la contemplation du vol d'une mouette.

Désormais, on en voyait peu, des mouettes ; va savoir pourquoi elles avaient déménagé à l'intérieur du village. Mais même à Montelusa, à dix kilomètres de la côte, il y en avait des centaines, c'était comme si ces oiseaux s'étaient fatigués de la mer et se tenaient loin des vagues. Pourquoi avaient-ils dégringolé au point de chercher leur nourriture dans les ordures des villes au lieu d'aller se pêcher du poisson frais ? Parce qu'ils s'étaient dégradés au point de devoir disputer aux rats une tête de poisson pourrie ? Avaient-ils vraiment voulu sombrer comme ça ou bien quelque chose avait changé dans l'ordre de la nature ?

Tout à coup, la mouette referma ses ailes et piqua vers la plage. Qu'avait-elle vu ? Quand elle arriva à toucher le sable du bec, elle s'effondra, adevint un immobile petit tas de plumes amassé au hasard par la brise du petit matin. Peut-être qu'on lui avait tiré dessus, bien que le commissaire n'ait entendu aucun coup de fusil. Quel imbécile avait bien pu se mettre à tirer sur une mouette ? L'oiseau, qui se trouvait à une vingtaine de pas de la véranda, était sûrement mort. Mais ensuite, comme Montalbano continuait de le mater, il eut un frémissement, se releva à grand-peine sur ses pattes, s'inclina sur le côté, ouvrit une seule aile, la plus proche de la plage, et se mit à tourner sur lui-même, tandis que la pointe de l'aile dessinait un cercle et que le bec restait dressé vers le ciel dans une position anormale qui lui faisait tordre complètement le cou. Qu'est-ce qu'il faisait, il dansait ? Il dansait et chantait. Ou plutôt non, il ne chantait pas, on aurait dit qu'il appelait à l'aide. Et de temps en temps, tandis qu'il tournait, il aredressait le cou, le tendant vers le haut de manière invraisemblable, et avec le bec qui avançait et reculait, on aurait dit un bras et une main qui voulaient poser quelque chose en haut et qui n'y arrivaient pas.

En un tournevire, Montalbano sortit sur la plage et arriva à un pas de lui. La mouette ne manifesta pas qu'elle l'avait vu mais tout de suite après, son mouvement tournoyant devint incertain, toujours plus trébuchant et à la fin l'*aceddro*, l'oiseau, après avoir émis un son très aigu qui semblait humain, perdit l'appui de l'aile, se coucha sur le côté et mourut.

« Elle a dansé la *sò morti*, sa mort », pensa le commissaire, impressionné par ce qu'il venait de voir.

Mais il ne voulait pas la laisser aux chiens, ni aux fourmis. Il l'agrippa par les ailes et la transporta dans la véranda. Il alla dans la cuisine prendre un sac de plastique. Y mit l'oiseau dedans et l'alourdit de deux pierres ferrugineuses qu'il gardait chez lui pour leur beauté, ôta ses chaussures, son pantalon et sa chemise, entra dans la mer en caleçon, avança jusqu'à ce qu'il ait de l'eau au cou, fit tournoyer violemment le paquet et le lança le plus loin qu'il put.

Il rentra chez lui se sécher, vu qu'il était abruti de froid. Pour se réchauffer, il se fit une autre cafetière et se but le café bouillant.

Tandis qu'il roulait vers Punta Raisi, il revint en pensée à la mouette qu'il avait vue danser et mourir. Va savoir pourquoi, il avait l'impression que les oiseaux étaient éternels. Quand il lui était arrivé d'en voir morts, il avait toujours été quelque peu étonné, comme on ressent devant une chose dont on ne croyait pas qu'elle arriverait un jour. Il était presque certain qu'on n'avait pas tiré sur la mouette qu'il avait vue mourir. « Presque » seulement, parce que peut-être qu'on l'avait touchée avec un seul plomb qui ne lui avait pas laissé échapper une goutte de sang, mais avait suffi à la tuer. Elles mouraient toutes ainsi, les mouettes, elles faisaient cette espèce de danse déchirante ? Il n'arrivait pas à s'ôter de la tête cette scène.

À peine arrivé à l'aéroport, en matant le tableau électronique des arrivées, il eut la belle et prévisible nouvelle que le vol qu'il attendait avait plus d'une heure de retard.

Et ça t'étonne ? Est-ce qu'il y avait un truc, un seul, en Italie, qui partait et arrivait à l'heure prévue ?

Les trains prenaient du retard, les avions aussi, les ferries, il fallait une intervention divine pour qu'ils larguent les amarres ; le courrier, n'en parlons pas ; les autobus se perdaient carrément dans la circulation ; les chantiers publics manquaient la date de livraison de cinq ou six ans ; n'importe quelle loi mettait des années avant d'être approuvée ; les procès traînaient ; même les émissions de télé commençaient toujours avec une demi-heure de retard sur l'horaire…

Quand il commençait à raisonner sur ces trucs, son sang tournait vinaigre. Mais il n'avait aucune envie de s'amontrer de mauvaise humeur devant Livia quand elle arriverait. Il fallait passer cette heure en rousinant.

Le voyage du matin lui avait réveillé un solide 'pétit. Chose étrange, vu qu'il ne prenait jamais de petit déjeuner. Il alla au bar, où il y avait une queue de bureau de poste le jour du règlement des pensions. Enfin ce fut son tour.

— Un café et un croissant.

— Pas de croissant.

— Vous les avez terminés ?

— Non. Ce matin, on a tardé à nous les livrer. On les aura dans une demi-heure.

Même les croissants étaient en retard !

Il se but le café à contrecœur, s'acheta le journal, s'assit, commença à lire. Rien que « du bavardage et des tabatières de bois », c'est-à-dire du vent.

Le gouvernement bavardait, l'opposition bavardait, l'Église bavardait, la confédération patronale bavardait, les syndicats bavardaient, et puis on bavardait sur un couple d'importants qui s'étaient séparés, sur un photographe qui photographiait ce qu'il ne fallait pas, sur l'homme le plus riche et le plus puissant du pays, auquel son épouse avait publiquement écrit pour lui reprocher certaines paroles prononcées sur une autre femme, on bavardait et rebavardait sur les maçons qui tombaient comme des poires mûres de leurs échafaudages, sur les clandestins qui mouraient noyés en mer, sur les retraités qui se retrouvaient sans un sou, sur les minots violés…

On bavardait toujours et partout de n'importe quel problème, mais à coup sûr dans le vide, sans que jamais le bavardage s'atransforme en un minimum de décision, un fait concret…

Montalbano adécida aussitôt qu'il fallait modifier l'article 1 de la Constitution : « L'Italie est une république fondée sur le trafic de drogue, le retard systématique et le bavardage dans le vide. »

Amer, il jeta le journal dans une poubelle, se leva, sortit de l'aéroport, s'alluma une cigarette. Et vit les mouettes qui volaient quasiment le long de la mer. Aussitôt lui revint à l'esprit la mouette qu'il avait vue danser et mourir.

Comme il restait encore une demi-heure avant l'arrivée de l'avion, il refit à pied la route parcourue en voiture jusqu'à ce qu'il arrive sur les rochers au bord de l'eau. Il resta ainsi, debout, en se sentant égayé par l'odeur des algues et de la saumure, à fixer les oiseaux qui se poursuivaient.

Puis il revint sur ses pas, l'avion de Livia venait à peine d'atterrir.

Il se la vit surgir devant lui, belle et rieuse. Ils s'étreignirent fort et s'embrassèrent, cela faisait trois mois qu'ils n'avaient pas été ensemble.

— On y va ?

— Je dois prendre la valise.

Les bagages, comme il était naturel, furent remis aux voyageurs avec une heure de retard au milieu des cris, des jurons et des protestations. Encore heureux qu'ils n'aient pas fini à Bombay ou en Tanzanie.

Tandis qu'ils se mettaient en route pour Vigàta, Livia dit :

— Tu sais, j'ai réservé pour ce soir même l'hôtel de Raguse.

Le programme qu'ils avaient fixé consistait en trois jours dans le Val di Noto, pour faire le tour des villages du baroque sicilien, que Livia n'aconnaissait pas.

Mais ça n'avait pas été une décision facile.

— Écoute, Salvo, lui avait-elle dit au téléphone une semaine avant, qu'est-ce que tu en dirais, étant donné que j'ai quatre jours de libres, que je vienne chez toi et qu'on soit un peu tranquilles ?

— Tu me rendrais heureux.

— J'avais pensé que peut-être on pourrait faire un tour en Sicile. Dans un coin que je ne connais pas.

— Ça me paraît une idée splendide. Surtout qu'en ce moment, je n'ai pas grand-chose à faire, au commissariat. Tu sais déjà où tu voudrais aller ?

— Oui, dans le Val di Noto. Je n'y suis jamais allée.

Aïe, aïe ! Pourquoi est-ce qu'il lui venait en tête d'aller là-bas, justement ?

— Ah ben, oui, certainement, le Val di Noto, c'est incroyable, tu imagines, mais crois-moi, il y a d'autres endroits qui…

— Non, j'aimerais vraiment aller dans le Val di Noto, on dit que la cathédrale restaurée est une vraie merveille, et puis faire un saut, je ne sais pas, à Modica, à Raguse, à Scicli…

— Ah ben, c'est un beau programme, je ne le mets pas en doute, mais…

— Tu n'es pas d'accord ?

— Ben, s'il faut vraiment, oui, bien sûr, qu'est-ce que tu crois, mais peut-être qu'il faudrait d'abord s'informer.

— Sur quoi ?

— Tu vois, je voudrais pas qu'ils soient en train de tourner.

— Mais qu'est-ce que tu racontes ?

— Qu'est-ce qu'ils tournent ?

— Je ne voudrais pas que pendant que nous y serons, ils soient en train de tourner un épisode de la série télévisée… On la fait précisément là.

— Et qu'est-ce que ça peut te faire ?

— Comment, qu'est-ce que ça peut me faire ? Et si par hasard, je me retrouve face à face avec l'acteur qui fait moi-même… comment il s'appelle… Zingarelli…

— Il s'appelle Zingaretti, ne fais pas semblant de te tromper. Le Zingarelli, c'est un dictionnaire. Mais je répète : qu'est-ce que ça peut te faire ? Comment est-il possible que tu aies ces complexes infantiles à ton âge ?

— Quel rapport avec l'âge, là ?

— Et puis vous ne vous ressemblez même pas.

— Ça, c'est vrai.

— Lui, il est beaucoup plus jeune que toi !

Et allez, avec ce grand, très grand tracassin de l'âge ! Elle était obsédée, Livia !

Il s'énerva. Qu'est-ce que ça venait faire, la jeunesse ou la vieillesse ?

— Et qu'est-ce que ça signifie, bordel ? Si c'est ça, lui, il est totalement chauve alors que moi, j'ai plein de cheveux !

— Allez, Salvo, on va pas se disputer.

Et comme ça, pour éviter l'engueulade, il s'était laissé convaincre.

— Je le sais très bien que tu as réservé. Pourquoi tu me le dis ?

— Parce que ça signifie que tu dois quitter le bureau pour être à Marinella au plus tard à 16 heures.

— J'ai juste quelques papiers à signer.

Livia émit un petit rire.

— Qu'est-ce qui te fait rire ?

— Salvo, comme si c'était la première fois que…

Elle s'interrompit.

— Non, continue. La première fois que ?

— Laissons tomber. Ta valise, tu l'as préparée ?

— Non.

— Mais bien entendu ! Il va te falloir deux heures pour la faire et à ton allure de croisière on arrivera à Raguse en pleine nuit !

— Allure de croisière ! Comme nous sommes spirituelle ! Qu'est-ce qu'il faut pour faire une valise ? Je me la prépare en une demi-heure !

— Tu veux que je te la commence ?

— Non, je t'en prie !

Une fois qu'il la lui avait laissée faire, il était arrivé à l'île d'Elbe avec une paire de chaussures, une marron et l'autre noire.

— Qu'est-ce que ça veut dire, ce « je t'en prie » ? demanda Livia d'une voix tendue.

— Rien, rien, arépondit Montalbano qui n'avait pas envie de chercher l'embrouille.

Au bout d'un moment de silence, Montalbano demanda :

— À Bocadasse, les mouettes meurent ?

Livia, en train de fixer la route devant elle avec un air encore agacé par l'histoire de la valise, se tourna vers lui, la mine ahurie et n'arépondit pas.

— Qu'est-ce que t'as à me regarder comme ça ? Je t'ai simplement demandé si à Bocadasse les mouettes meurent.

Livia continua de le fixer sans arépondre.

— Tu veux répondre, oui ou non ?

— Mais tu ne trouves pas que c'est une question idiote ?

— Mais tu ne peux pas simplement répondre sans assigner un quotient d'intelligence à ma question ?

— Je crois qu'elles meurent à Bocadasse comme partout.

— Et toi, tu en as déjà vu mourir ?

— Je ne crois pas.

— Qu'est-ce que ça veut dire, « je ne crois pas » ? Ce n'est pas une question de foi, tu sais ! On ne peut pas se tromper !

— N'élève pas la voix. Je n'en ai pas vu. Tu es content ? Je n'en ai pas vu !

— Maintenant, c'est toi qui te mets à crier !

— Mais parce que tu poses de ces questions ! Tu me parais tellement bizarre, ce matin ! Tu te sens bien ?

— Très bien, je me sens ! Divinement ! *Buttanazza della miseriazza buttana et figlia di Butanazza porca e futtuta*, putanasse de la misérasse et fille de putanasse sale et baisée, qu'est-ce que je me sens bien ! Très bien, je me sens !

— Ne parle pas en dialecte et ne dis pas des gros...

— Je parle comme j'ai envie, d'accord ?

Livia ne répliqua pas et il se tut. Aucun des deux ne rouvrit plus la bouche.

Mais c'était quoi, ce truc, qu'ils ne rataient jamais la moindre occasion de s'engueuler ? Et comment se faisait-il qu'à aucun des deux il ne passait même pas par l'antichambre de la coucourde de tirer les conclusions de la situation, à savoir se serrer la main et se quitter une fois pour toutes ?

Ils continuèrent à rester muets jusqu'à l'arrivée à Marinella. Au lieu de partir tout de suite au commissariat, Montalbano eut envie de se prendre une douche. Peut-être que ça lui ferait passer les nerfs qui lui étaient venus pour la discussion en voiture avec Livia. Laquelle, à peine arrivée, s'était enfermée dans la salle de bains.

Il se déshabilla et frappa discrètement à la porte.

— Qu'est-ce que tu veux ?

— Dépêche-toi, que je veux prendre une douche.

— Attends que je me la prenne moi, d'abord.

— Allez, Livia, je dois aller au bureau !

— Mais tu as dit que tu as des papiers à signer !

— D'accord, mais pense que je me suis fait Vigàta-Palerme pour venir te chercher ! J'ai besoin de me prendre c'te douche !

— Et moi, je ne me suis pas fait Gênes-Vigàta ? C'est pas plus de route ? C'est à moi de passer en premier !

Elle se mettait à compter les kilomètres, maintenant !

Il jura, se chercha un maillot, le passa et sortit sur la plage.

À peine entré dans l'eau, il sentit le froid glacial le pétrifier. La seule chose à faire était de commencer à nager tout de suite et vigoureusement. Au bout d'un quart d'heure de brasses, il fit la planche.

Au ciel, pas un oiseau à voir, même en le payant à prix d'or. Puis, comme il restait bouche ouverte, quelques gouttes d'eau glissèrent le long de son visage et entrèrent à l'intérieur, entre langue et palais. Ça lui parut d'un goût bizarre.

Alors, il prit dans sa main une petite quantité d'eau et se la porta à la bouche. Pas de doute, la mer n'avait plus la saveur d'antan. On aurait dit qu'elle manquait de sel, elle était à peine amère, avec le goût d'une eau minérale périmée. C'était peut-être pour ça que les mouettes… Mais comment se faisait-il que les rougets qu'il s'envoyait à la trattoria aient toujours le même bon goût ?

En revenant vers la rive, il vit Livia assise dans la véranda, en train de boire un café.

— Comment est l'eau ?

— Périmée.

Quand il sortit de la douche, il trouva Livia devant lui.

— Qu'est-ce qu'y a ?

— Rien. Tu dois y aller tout de suite, au commissariat ?

— Non.

— Alors…

Il comprit. Avec dans les oreilles une espèce d'orchestre symphonique qui commençait à jouer, il se la serra très fort contre lui.

Ce fut une très belle pacification.

— À 16 heures, j'insiste ! lui rappela-t-elle en le raccompagnant à la porte.

— Envoie-moi tout de suite Fazio, dit-il à Catarella en lui passant devant.

— Il n'est pas sur les lieux, *dottori*.

— Mais il a téléphoné ?

— Oh que non, *dottori*.

— Dès qu'il arrive, dis-lui de venir me voir.

Il y avait une véritable montagne de papiers en équilibre sur le bureau. Il se découragea. Il lui vint la tentation d'envoyer tout ça se faire contrefoutre. Qu'est-ce qu'on pouvait lui faire s'il ne signait pas ? La peine de mort était abolie, la perpète, on voulait la supprimer. Et alors ? Si ça se trouvait, avec un bon avocat, il pouvait faire durer les choses, et ensuite le délit de refus d'apposition de sa signature tombait en prescription. Il y avait même eu des Premiers ministres qui avaient joui de ce système de prescription pour se sortir de délits bien plus graves. Puis le sens du devoir l'emporta.

DEUX

Augello entra sans frapper ni même dire bonjour. Il faisait les brègues.

— Qu'est-ce qu'il y a, Mimì ?

— Rin.

— Allez, Mimì.

— Lâche-moi.

— Allez, allez, Mimì.

— J'ai passé toute la nuit à m'engatser avec Beba.

— Et pourquoi ?

— Elle dit que l'argent du salaire ne suffit pas et donc elle veut se trouver une besogne. Plutôt, on lui en a déjà offert une bonne.

— Et *a tìa*, à toi, ça te plaît pas ?

— Non, le problème, c'est le minot.

— Ah oui. Comment elle va faire, à besogner avec le minot ?

— Pour elle, c'est pas un problème. Tout est résolu. Elle veut l'envoyer à la crèche.

— Eh beh ?

— Et moi, je suis pas d'accord.

— Pourquoi ?

— Il est trop petiot. D'accord, il a l'âge, mais il est trop petiot et ça me fait peine.

— Tu penses qu'ils peuvent le maltraiter ?

— Jamais de la vie ! Il sera très bien traité ! Mais ça me fait peine quand même. Moi, je suis jamais à la maison. Si Beba se met à besogner, ça finira qu'elle sortira le matin et rentrera le soir. Et c'te minot croira être adevenu orphelin.

— Dis pas de conneries, Mimì. Être orphelin, c'est tout autre chose. Je parle par expérience et tu le sais.

— Excuse-moi. Changeons de sujet.

— Il y a du neuf ?

— Rien. Calme plat.

— Tu sais pourquoi Fazio n'a toujours pas reparu ?

— Non.

— Écoute-moi, Mimì, tu as déjà assisté à la mort d'une mouette ?

— Non. Pourquoi ?

— Ce matin, j'en ai vu mourir une juste devant la véranda.

— On lui a tiré dessus ?

— J'en sais rien.

Augello le fixa. Puis il glissa deux doigts dans la pochette de sa veste et en tira des lunettes qu'il posa sur son nez.

— Explique.

— Non, d'abord, toi, dis-moi pourquoi tu t'es mis tes lunettes.

— Pour mieux t'entendre.

— Elles ont une prothèse auditive incorporée ?

— Non. J'entends très bien.

— Alors, pourquoi tu mets tes lunettes ?

— Pour mieux te voir.

— Ah non, Mimì, triche pas ! Tu as dit que tu les as mises pour mieux m'entendre ! Entendre, pas voir !

— C'est pareil. Si je te vois mieux, je te comprends mieux.

— Et qu'est-ce que tu veux comprendre ?

— Où tu veux en venir.

— Mais moi, je veux en venir nulle part ! Je t'ai posé une simple question !

— Et moi, qui t'aconnais bien, je sais comment ça va finir avec cette simple question.

— Et comment ça va finir ?

— Qu'on va devoir faire une enquête pour savoir qui a tué la mouette ! Tu en es parfaitement capable !

— Dis pas de conneries !

— Ah non ? Et cette fois du cheval que tu as trouvé mort sur la plage ? Tu nous as pas fait tous marner jusqu'à ce que…

— Mimì, tu sais quoi ? Lâche-moi la grappe et va gratter tes cornes dans ton bureau.

Il signait des papiers depuis une demi-heure, quand le téléphone sonna.

— *Dottori*, il y aurait qu'il y a M. Mizzica qui voudrait parler avec vosseigneurie en pirsonne pirsonnellement.

— Il est au téléphone ?

— Oh que non, il est sur les lieux.

— Il t'a dit ce qu'il veut ?

— Il dit qu'il s'agit d'une question de chaloupetier.

— Dis-lui que je suis trop occupé et renvoie-le au *dottor* Augello.

Mais il changea aussitôt d'idée.

— Ou plutôt non, je vais lui parler d'abord.

Si M. Mizzica s'occupait de chalutier, si ça se trouvait, il pourrait lui dire quelque chose sur les mouettes.

— Je m'appelle Adolfo Rizzica, commissaire.

Évidemment, comme si Catarella avait été capable de saisir correctement un nom !

— Asseyez-vous et racontez-moi. Mais je vous préviens que je n'ai pas plus de cinq minutes. Vous me présentez la chose et, après, je vous confie au *dottor* Augello.

Sexagénaire bien vêtu, aux manières éduquées et respectueuses, Rizzica avait bien le visage mangé par le sel de l'homme de mer. Il s'assit au bord de la chaise. Très nerveux, le front humide de sueur, il tenait un mouchoir en main. Les yeux baissés, il ne s'adécidait pas à ouvrir la bouche.

— M. Rizzica, j'attends.

— Je suis propriétaire de cinq chalutiers.

— Vous m'en voyez enchanté. Et alors ?

— Avec vosseigneurie, je vais parler latin, sans détour. Alors, j'en viens tout de suite au problème : sur les cinq, il y en a un qui me tracasse.

— Comment ça, il vous tracasse ?

— Ce bateau, une fois par semaine, rentre tard.

— Je continue à ne pas comprendre. Il rentre plus tard que les autres ?

— Oh que oui.

— Et alors, où est le problème ? Faites en sorte que…

— Commissaire, moi, je sais où ils vont pêcher, combien de temps ils mettent et je reste en contact avec eux par radio. Et donc, quand ils ont fini, ils me disent qu'ils rentrent.

— Eh beh ?

— Et aussi, le capitaine de ce bateau qui s'appelle *Maria Concetta*…

— Le capitaine est une femme ?

— Oh que non, un homme, c'est.

— Et alors, pourquoi il a un prénom de femme ?

— Le nom de femme, c'est le bateau qui l'a, le commandant, il s'appelle Aureli Salvatore.

— Beh, et alors ?

— Le capitaine Aureli me dit qu'il rentre lui aussi et, ensuite, il revient avec une heure, une heure et demie de retard.

— Il a un moteur plus lent ?

— Oh que non. Au contraire.

— Et alors, pourquoi il prend du retard ?

— C'est ça, le tracassin, commissaire. Moi, je pense que tout l'équipage est dans la combine.

— Pour quoi faire ?

— *Dottore*, aujourd'hui, sur c'te mer ça circule beaucoup. Pire qu'une autoroute, je me fais comprendre ?

— *Non.*

— Moi, je pense, mais je le pense, eh, juste, faites bien attention qu'il s'arrête pour charger.

— Charger quoi ?

— Vous devinez pas ?

— Écoutez, M. Rizzica, je n'ai pas le temps de jouer aux devinettes.

— D'après moi, il trafique de la drogue, commissaire. Et moi, cette affaire, si on la découvre, je veux pas y être mêlé.

— De la drogue ? Vous en êtes sûr ?

— Sûr-sûr, non. Mais enfin…

— Mais lui, Aureli, quelles explications il vous a données pour ces retards ?

— Chaque fois il en trouve une nouvelle. Une fois, c'est le moteur qui se grippe, 'n'autre fois, les filets s'emmêlent…

— Écoutez, peut-être qu'il vaut mieux que vous alliez en parler tout de suite avec le *dottor* Augello. Mais avant, je voudrais vous demander quelque chose.

— À votre disposition.

— Vous avez déjà eu l'occasion de voir mourir une mouette ?

Rizzica, qui ne s'attendait pas à cette question, le fixa, ébahi.

— Quel rapport avec…

— Non, il n'y a pas de rapport, c'est une curiosité personnelle.

L'homme y réfléchit un instant.

— Oh que oui, une fois, quand j'avais un seul chalutier et que j'embarquais, il m'arriva de voir une mouette qui tombait morte.

— Elle a fait quelque chose avant de mourir ?

L'autre s'étonna encore davantage.

— Et qu'est-ce qu'elle devait faire ? *Testamentu ?* Son testament ?

Montalbano s'irrita.

— Écoutez, Mizzica…

— Rizzica.

— … ne faites pas le malin ! Ma question est sérieuse !

— Bon, bon, d'accord, esscusez.

— Alors, qu'est-ce qu'elle fit avant de mourir ?

Rizzica y pinsa quelques instants.

— Rin, elle fit, commissaire. Elle tomba comme 'ne pierre sur l'eau et resta à flotter.

— Ah, elle tomba dans la mer, dit Montalbano, déçu.

Si elle était tombée dans l'eau, elle n'avait pu exécuter la danse.

— Je vous accompagne chez le *dottor* Augello, reprit-il en se levant.

Mais était-il possible que pirsonne ait vu une mouette qui dansait en mourant ? N'était-ce arrivé qu'à lui ? À qui pouvait-il ademander ? Le téléphone sonna. C'était Livia.

— Tu savais que le frigo était vide ?

— Non.

— Ça, c'est certainement un acte de sabotage de ta bien-aimée Adelina. Tu lui as dit que j'arrivais et celle-là, comme elle me hait, elle a fait le vide !

— Mon Dieu, quel grand mot ! Elle ne te hait pas, vous êtes juste un petit peu antipathiques l'une à l'autre, voilà tout.

— Et tu me mets sur le même plan qu'elle ?

— Livia, je t'en prie, ne commençons pas. Pas besoin de faire une tragédie parce que le réfrigérateur est vide, viens avec moi manger chez Enzo.

— Et comment je viens ? À pied ?

— Très bien, je passe te prendre.

— D'ici combien de temps ?

— Oh mon Dieu, Livia, quand ce sera le moment, je viendrai te prendre.

— Mais tu ne peux pas me dire au moins approximativement.

— Je ne sais pas, je te dis !

— Écoute, ne fais pas comme d'habitude, je t'en prie !

— Et ça serait quoi, « comme d'habitude » ?

— Tu dis une certaine heure et tu te présentes trois heures plus tard.

— Je serai parfaitement ponctuel.

— Mais tu ne m'as pas dit à quelle heure…

— Arrête, Livia ! Tu veux me rendre dingue ?

— Moi, il me semble que tu l'es déjà !

Il raccrocha. Et trente secondes n'étaient pas passées que le téléphone sonnait de nouveau. Il agrippa le combiné et hurla, furieux :

— Je ne suis pas dingue ! T'as compris ?

Il y eut un instant de pause puis la voix tremblante de Catarella se fit entendre :

— *Dottori !* Je vous le jure sur mon âme et ma santé ! Moi, jamais je pinsai que vosseigneurie était dingue, jamais je le dis !

— Catarè, je me suis trompé, qu'est-ce qu'il y a ?

— *Dottori*, il y a qu'il y a la femme de Fazio.

— Au téléphone ?

— Non, pirsonnellement en pirsonne.

— Fais-la venir.

Pourquoi Fazio avait-il envoyé sa femme ? S'il était malade, il ne pouvait pas passer un coup de fil ?

— Bonjour, madame, qu'est-ce qui se passe ?

— Bonjour, *dottore*. Excusez-moi pour le dérangement, mais…

— Vous ne me dérangez pas. Je vous écoute.

— C'est moi qui vous écoute.

Oh mon dieu, qu'est-ce que ça signifiait ?

Mme Grazia, à la mater dans les yeux, apparaissait prioccupée et troublée.

Montalbano tout de suite adécida d'essayer d'en savoir plus pour pouvoir y comprendre quelque chose et arépondre comme il fallait.

— Pour commencer, asseyez-vous. Vous me semblez inquiète.

— Mon mari est sorti à hier de chez nous à dix heures du soir, quand vous lui avez téléphoné. Il me dit qu'il devait vous rencontrer au port. Et depuis lors, je n'ai plus eu de nouvelles. En général, quand il reste dehors pour la nuit, il m'appelle. Cette fois, il ne l'a pas fait. C'est pour ça que je suis un peu inquiète.

À voilà de quoi il s'agissait ! Mais le fait était que, la veille au soir, lui, il n'avait pas téléphoné à Fazio. Il ne lui avait donné aucun rendez-vous sur le port. Où est-ce qu'il était allé se fourrer, le brave bougre ?

En tout cas, la première chose à faire était de tranquilliser sa femme. Il acommença un sketch digne de l'Oscar. Avec une espèce de gémissement, il se donna une grande claque sur le front.

— Sainte mère ! Je me le suis oublié ! Pardonnez-moi, madame, mais vraiment, ça m'est sorti de la tête !

— Quoi donc, *dottore* ?

— Que votre mari m'avait dit de vous téléphoner, étant donné qu'il ne pourrait pas ! Mon Dieu, il a tellement insisté ! Et moi, comme un imbécile…

— Ne dites pas ça, *dottore*.

— Mon Dieu, je suis vraiment désolé de vous avoir fait vous inquiéter ! Mais soyez tranquille, madame, votre mari va très bien ! Il est occupé dans une très délicate…

— Ça me suffit, *dottore*. Je vous remercie.

La femme de Fazio était ‘ne femme digne de son mari. Peu bavarde et d’une grande dignité, les deux ou trois fois qu’il avait été invité à manger chez eux (mais qu’est-ce qu’elle cuisinait mal !), il avait noté qu’elle ne se mêlait pas des discussions des deux hommes quand ils parlaient de la besogne.

— Je vous raccompagne, dit Montalbano.

Il arriva avec elle sur le parking, en s’excusant toujours, et la vit monter dans la voiture de son époux. Donc, Fazio ne l’avait pas prise quand il était allé là où il était allé.

Montalbano rentra et, s’arrêtant devant le placard qui servait de standard, dit à Catarella :

— Appelle-moi Fazio sur son portable.

Catarella essaya deux fois de suite.

— Éteint, il est, *dottori*.

— Fais-moi venir tout de suite le *dottor* Augello dans mon bureau !

— Mais il a encore le monsieur Mizzica.

— Dis-lui de l’envoyer chier.

Qu’est-ce qui pouvait bien être arrivé à Fazio ? se demandait-il, inquiet, tandis qu’il réintégrait son bureau.

En attendant, il avait dit des calembredaines à sa femme, à savoir qu’il avait rendez-vous avec lui au port. Pourquoi justement au port ? Ça pouvait tout signifier et ne rin vouloir dire. Si ça se trouvait, il avait mentionné le premier endroit qui lui était passé par la tête.

Mais ce qui était grave, c'était qu'il n'avait pas appelé sa femme. Et certainement, il n'avait pas téléphoné parce que… parce qu'évidemment, il avait été mis en condition de ne pas pouvoir le faire.

« Explique-toi mieux, Montalbà », dit Montalbano numéro 2.

« Il ne veut pas s'expliquer passqu'il a la trouille », intervint Montalbano numéro 1.

« Et de quoi ? »

« Des conclusions auxquelles il est contraint d'arriver. »

« Et c'est quoi, c'tes conclusions ? »

« Que Fazio ne peut pas tiliphoner passqu'il est prisonnier ou bien blessé ou bien mort. »

« Mais pourquoi tu penses toujours au pire ? »

« Et qu'est-ce que tu veux que je pense d'autre ? Que Fazio s'est enfui avec une gonzesse ? »

Augello entra.

— C'est quoi, cette excitation ?

— Ferme la porte et assois-toi.

Augello obéit.

— Eh beh ?

— Fazio a disparu.

Mimì le fixa, bouche bée.

Au bout d'un quart d'heure de discussion, ils arrivèrent à une conclusion. À savoir que Fazio avait sûrement entamé une enquête pour son propre compte et dont il n'avait rin dit à pirsonne. Quelquefois, il avait eu ce genre d'initiatives risquées. Mais cette fois, il en avait sous-évalué le danger, chose étrange étant donné son expérience, et il en était venu à se retrouver dans les ennuis.

Il n'y avait pas d'autre explication possible.

— Nous devons le retrouver au plus tard d'ici demain, dit Montalbano. Jusqu'à demain on va peut-être y arriver à faire tenir tranquille sa femme, vu qu'elle a tout à fait confiance *a mia*, à moi, mais après je devrai lui dire toute la vérité. Quelle qu'elle soit.

— Par où tu veux commencer ?

— Prenons pour argent comptant cette histoire de port. Commence par là.

— Je peux emmener quelqu'un avec moi ?

— Non, vas-y seul. Je ne voudrais pas que le bruit se répande que nous le recherchons et que Mme Fazio l'apprenne. Si d'ici demain, nous sommes encore au même point, alors, on mettra le paquet.

Augello sortit. Il lui vint une idée.

— Catarella, fais-toi remplacer cinq minutes et viens me voir.

— Tout de suite immédiatement, *dottori*.

Et tout de suite immédiatement, il fut là.

— Écoute, Catarè, il faut que tu me donnes un coup de main.

De contentement, les yeux de l'agent se mirent à étinceler, tandis qu'il se mettait au garde-à-vous.

— Un coup de main ? De main et des pieds, *dottori*.

— Réfléchis bien avant de me répondre. Dans le bureau de Fazio, il n'y a pas de téléphone direct, pas vrai ?

— Très vrai.

— Donc, tous les coups de fil qui lui arrivent doivent passer par le standard, pas vrai ?

Catarella n'arépondit pas et grimaça.

— Qu'est-ce qu'il y a ?

— *Dottor*, Fazzio, le portable, il l'a. Si querqu'un, par hasard, appelle le portable de Fazio, le querqu'un appelant l'appelé ne passe pas par le standard.

— Vrai, c'est. Mais pour l'instant, mettons ce problème de côté. Ne nous occupons que du standard. Je veux savoir de toi si Fazio, ces cinq ou six derniers jours, a eu des appels de querqu'un qui ne l'avait jamais appelé avant. Je me suis fait comprendre ?

— À la perfection, *dottori*.

— Alors, tu t'assieds à ma place, tu prends un papier et un stylo et tu m'écris dessus les noms que tu t'arappelles. Moi, pendant ce temps, je vais me fumer une cigarette.

— *Dottori*, escusassez-moi, mais je vais pas y arriver.

— À te rappeler qui a appelé ?

— Oh que non, *dottori*, à m'assoyer à votre place.

— Et pourquoi ? Un fauteuil, c'est un fauteuil.

— Oh que oui, *dottori*, mais c'est le cul, sauf votre respect, de celui qui s'est assoyé dessus qui l'a rendu important.

— Très bien, reste assis où tu es.

Il sortit du commissariat, se fuma une cigarette en arpentant lentement le parking puis rentra.

TROIS

Catarella lui tendit une feuille. Trois noms y étaient écrits. Loccicciro ça devait être Lo Cicero, Parravacchio (seul Dieu savait comment il s'appelait en réalité) et Zireta (là, l'erreur était légère : Zirretta).

— Rien que ces trois-là ?

— Oh, que non, *dottori*, quatre, ils sont.

— Mais tu n'en as écrit que trois.

— Le quatrième, je l'écrivis pas passque y en avait pas besoin. Vous le voyez, vosseigneurie, entre Garavacchio et…

— Là, il y a écrit Parravacchio.

— Ça n'a pas d'importancement, vosseigneurie le voit qu'entre Savaracchio et Zinetta, il y a un espace blanc ?

— Oui. Et qu'est-ce que ça signifie ?

— Blanc, blanc, ça asignifie, *dottori*.

— Mais qu'est-ce que ça veut dire ?

— Blanc, c'est-à-dire Bianco, ça signifie à dire, que le quatrième il s'anomme Bianco.

Génial.

— Écoute, Bianco, c'est pas le type qu'on lui a arrêté son fils il y a unc semaine pour une rixe ?

— Oh que oui, *dottori*. Et Loccicciro tiliphona passqu'un type qui habitait à l'étage du dessus, chaque matin, il lui pisse, sauf votre respect, sur le balcon ci-dessous.

— Et Parravacchio, tu le sais ce qu'il voulait ?

— Oh que non, *dottori*. Mais Taravacchio, un parent de Fazio, c'est.

— Entre Parravacchio et Zireta, tu le sais qui a appelé plusieurs fois ?

— Oh que oui, Pineta, mais il tiliphonait pour la demande demandée d'un passeport.

Montalbano était déçu.

— Mais quant à savoir des appels tracassants et continuatifs, jusqu'à il y a cinq jours, il y avait ceux de Mansella.

— Avec un « s » ou un « z » ?

— Avec le « s » de « z », *dottori*.

— Et ce Manzella, il l'appelait en passant par le standard ?

— *Dottori*, Mansella appelait le standard du fait passque le portable de Fazio se trouvant occupé. Ou bien éteint. Et alors, il me disait que c'était Mansella et que je devais dire de dire à Fazio que dès qu'il avait fini, il l'appelait à lui, Mansella. Ou bien qu'il allume tout de suitement le portable.

— Et Fazio le rappelait ?

— Je sais pas, *dottori*. De par le fait que je ne fus jamais présent. S'il le rappelait, il rappelait avec le téléphone meubile.

— Toi, naturellement, tu te l'arappelles pas la première fois que ce Manzella a appelé.

— Attentez une seconde.

Il sortit de la pièce, revint ventre à terre en tenant dans la main droite un carnet à couverture noire. Il commença à le feuilleter. Il était rempli de numéros et de noms.

— *Dottori*, moi, toujours je me consigne qui appelle au tiliphone, le jour et l'heure pricise.

— Et pourquoi ?

— Passqu'on sait jamais.

— Mais il n'y a pas de contrôle automatique ?

— Oh que oui, *dottori*, mais moi, je ne fais pas confiance à l'automatetique. Allez savoir comment il voit les choses, l'automatetique ! Ah, voilà ! Mansella appela la première fois il y a dix jours. Puis il appela chaque jour jusqu'à y a cinq jours. Le dernier jour, il appela trois fois. Il était nerveux. Il me dit d'y dire à Fazio que pour le jour de ce jour, plus il laissait son portable libre, mieux c'était.

— Et après ?

— Après, il n'appela plus. Mais après ça fut Fazio qui me demanda au grand minimum deux fois par jour si par hasard Mansella l'avait dimandé. Et chaque fois que j'y disais que non, il me disait que, si par hasard il tiliphonait, de le lui passer tout de suite immédiatement passque c'était une chose très importantissime.

— Merci, Catarè, tu m'as été très utile.

— *Dottori*, permettez.

— Dis-moi.

— Y a quelque chose qui va pas avec Fazio ?

— Rin, une bêtise, t'inquiète pas.

Catarella sortit, peu convaincu.

Alors Montalbano poussa un profond soupir et s'adécida à faire ce qu'il n'avait vraiment pas envie de faire. Mieux valait commencer par le pire. Il fit le numéro du Dr Pasquano.

— Le docteur est là ?

— Le docteur est occupé.

— Montalbano, je suis. Appelez-le-moi.

— Commissaire, il faut m'excuser, mais je ne me sens pas de le faire. Ce matin, il est *nìvuro come l'inca*, d'une humeur noire comme l'encre, il répondit mal à tous et en ce moment précis, il fait une autopsie.

La veille au soir, au cercle, Pasquano avait dû perdre un bon paquet au poker. Quand ça lui arrivait, le lendemain, mieux valait avoir affaire à un ours polaire affamé plutôt qu'à lui.

— Mais je peux peut-être vous demander à vous. Entre cette nuit et ce matin, vous avez eu de nouveaux arrivants ?

— Des morts tout frais, vous voulez dire ? Non.

Il respira, un peu soulagé.

Il se leva, sortit du bureau et, en passant devant Catarella, lui dit :

— Je vais à Montelusa et je reviens d'ici deux heures. Si le *dottor* Augello me cherche, dis-lui de m'appeler sur le portable.

À Montelusa, il y avait trois hôpitaux et deux cliniques privées. Autrefois, il suffisait d'annoncer au téléphone qu'on était de la police et on vous racontait tout sur tout le monde. Ensuite, est arrivé le tracassin du droit à la vie privée : si vous n'y alliez pas en personne et que vous n'amontriez pas votre carte, on vous disait que dalle et peau de balle. En tout cas, au 'pital, dans aucun des trois, pas de Fazio. Maintenant, venait la partie la plus difficile : les cliniques privées qui adéfendaient mieux que des cliniques suisses les secrets des patients. Combien de mafieux recherchés s'étaient fait opérer dans ces cliniques ? Le hall de réception de la première ressemblait à celui d'un hôtel cinq étoiles. Derrière un comptoir qu'on pouvait utiliser comme miroir tellement il brillait, il y avait deux femmes, une jeunette et l'autre âgée. Il s'adressa à cette dernière en arborant une tête très sérieuse.

— Le commissaire Montalbano, je suis, dit-il en sortant sa carte.

— En quoi puis-je vous être utile ?

— Mes hommes arrivent d'ici dix minutes. Tous les patients dans leurs chambres, interdiction de sortir aux visiteurs présents.

— Mais vous plaisantez ?

— J'ai un mandat de perquisition. Nous recherchons un dangereux repris de justice qui s'appelle Fazio et qui a été hospitalisé ici hier.

La femme, qui était adevenue très pâle, réagit :

— Mais ici, il n'y a eu aucune admission depuis deux jours ! Contrôlez vous-même ! dit-elle en poussant vers lui l'ordinateur qu'elle avait devant elle.

— Écoutez, inutile de discuter ! Nous, nous savons que dans la clinique Materdei…

— Mais ici, ce n'est pas la Materdei !

— Ah non ?

— Nous, ici, c'est la Salus !

— Oh mon Dieu, excusez-moi, je me suis trompé. Je vous présente mes excuses. Bonne journée. Ah, attention : ne vous hasardez pas à prévenir la Materdei !

Dans la deuxième clinique, on le jeta carrément dehors. Il y avait une infirmière-chef sexagénaire, 1,90 m minimum, sèche comme la mort et laide de même, ressemblant comme deux gouttes d'eau à Olive Oyl, la fiancée de Popeye.

— Nous, on ramasse pas les blessés sur la route.

— Très bien, madame, mais…

— Pas madame, mademoiselle…

— Bah, ne désespérez pas, vous verrez que vous aussi, un jour ou l'autre, vous rencontrerez le prince charmant.

— Dehors !

Il remontait en voiture quand il entendit qu'on le rappelait. C'était un médecin qu'il connaissait. Il lui expliqua l'affaire. L'autre lui dit d'attendre dehors, ça valait mieux. Il revint cinq minutes plus tard.

— Nous n'avons pas de nouveaux patients depuis deux jours.

Mais qu'est-ce qui se passait ? Tout le monde pétait la santé ou bien l'argent manquait pour payer les cliniques privées ? En tout cas, la conclusion était que Fazio n'apparaissait hospitalisé nulle part. Mais où était-il allé se fourrer ?

Sur le chemin du retour à Vigàta, son téléphone sonna. C'était Mimì Augello.

— Salvo, t'es où ?

— J'étais allé à Montelusa faire le tour des hôpitaux. Pas de Fazio. Je rentre.

— Écoute… peut-être qu'il faudrait…

Montalbano acomprit.

— Du calme, il n'est pas non plus à la morgue. Et toi, qu'est-ce que tu as de neuf ?

— Je t'appelle pour ça. Tu peux venir au port ? Je t'attends à l'entrée.

— Laquelle ?

— Je suis devant le portail sud.

— J'arrive.

Le portail sud, le plus proche du môle du levant, sur lequel le commissaire allait souvent se promener après manger, servait surtout au trafic des voitures et des camions qui devaient embarquer sur le ferry pour Lampedusa. Le bateau larguait les amarres à minuit pile. Dès que la saison acommençait, cette zone du port était une zone de bivouac de jeunes étrangers en attente d'embarquer.

Des deux côtés du très grand portail, étaient disposées des espèces de guérites pour les gardes des Finances en service qui contrôlaient le mouvement.

Mais à cette heure matinale, tout était tranquille, le bordel de voitures et de passagers acommençait vers cinq heures de l'après-déjeuner.

— La nuit, ce portail et le portail central sont fermés. Il ne reste que celui du nord d'ouvert, lui expliqua Mimì.

— Pourquoi ?

— Parce que c'est de ce côté du port que s'amarrent et partent les chalutiers, qu'il y a les entrepôts et les camions frigorifiques, bref, c'est là qu'il y a le commerce du poisson.

— Tu sais, s'il est arrivé quelque chose à Fazio, c'est arrivé de nuit.

— Exactement.

— Et alors, pourquoi est-ce qu'on est devant le mauvais portail ?

— Ce n'est pas le bon portail, mais le garde des Finances, qui est en faction, il s'appelle Sassu. C'était lui qui était au portail nord cette nuit.

— Il a vu quelque chose ?

— Viens lui parler.

Sassu devait avoir à peine plus de 20 ans, mais c'était un jeune gars à l'air vif et intelligent.

— Les chalutiers commencent à rentrer après minuit, ils déchargent, une partie de la pêche est entreposée, une autre partie chargée dans les camions frigorifiques qui partent tout de suite. Bref, vers trois heures du matin, c'est un grand va-et-vient. Après, il y a une petite heure de calme. Et c'est un peu avant 4 heures que j'ai entendu les détonations.

— Combien ? demanda Montalbano.

— Deux.

— Vous êtes sûr qu'il s'agissait d'une arme à feu ?

— Pas du tout. Ça pouvait être une moto. Et en fait peu après, une moto de grosse cylindrée est passée. C'est pour ça que j'ai été rassuré.

— Il y avait un passager sur le siège arrière ?

— Non.

— Et vous n'avez pas entendu de cris, d'appels, d'ordres ?

— Rien.

— Vous avez réussi à comprendre d'où venaient les détonations ?

— C'est bizarre, murmura-t-il.

— Quoi donc ?

— Maintenant que vous m'y faites penser… Ça ne pouvait pas être la moto.

— Pourquoi ?

— Entre deux détonations, il y a eu quelques secondes d'intervalle. La première, il m'a semblé qu'elle venait de la cale de halage, mais la seconde était plus loin, dans les parages du deuxième ou du troisième entrepôt… Si c'était une moto, j'aurais dû entendre les deux détonations venant du même endroit.

— Bref, c'était comme si quelqu'un suivait, en tirant, quelqu'un d'autre qui s'enfuyait ? demanda Montalbano.

— Ben, oui.

Ils remercièrent le fonctionnaire.

— Ça sent de plus en plus le roussi, commenta Augello, inquiet.

— Allons faire un tour, dit le commissaire.

— Où ?

— Entre la cale de halage et les deux entrepôts.

Les hangars frigorifiques étaient une dizaine, alignés dans la partie extérieure de la jetée centrale qui formait comme une espèce de bras, pile au milieu du port.

Les chalutiers s'y amarraient directement puis, une fois la pêche débarquée, ils passaient sur la partie extérieure de la jetée, allaient se ranger à leur place de port et l'équipage rentrait à la maison se reposer.

Montalbano et Augello firent un aller et retour de la cale de halage jusqu'au deuxième entrepôt, l'œil fixé au sol.

La route était un amas boueux creusé de nombreuses ornières laissées par les roues des camions. Les entrepôts avaient tous leurs rideaux de fer baissés, à l'exception du troisième, devant lequel était garée une Ford Transit, portières ouvertes, et à l'intérieur de laquelle on apercevait des câbles électriques, des cadrans, des poignées, des embouts. Peut-être que l'installation frigorifique était en panne et qu'on la réparait. Pour le reste, pas une âme qui vive.

— Allons-nous-en, on ne trouvera rien. C'est du temps perdu. Il faudrait fouiller dans la boue. Et puis, il y a une puanteur à dégueuler, dit Mimì.

À Montalbano, au contraire, cette odeur non seulement ne paraissait pas puante, mais même elle plaisait. C'était le produit d'un mélange d'algues et de poissons pourris, de cordages abîmés, d'eau de mer, de goudron, avec une légère touche de gasoil : un exquis régal, un délice.

Et ce fut justement quand ils avaient perdu tout espoir et s'en retournaient au bureau que Mimì, à la hauteur de la cale à sec, vit briller une douille qui n'avait pas été enfouie dans la boue parce qu'elle était tombée sur un bout de planche pourrie.

Il se pencha, la prit, la nettoya de la main. Elle n'était en rien rouillée ni abîmée, il était clair qu'elle s'atrouvait là depuis quelques heures, non pas depuis des jours ou des mois.

— Et comme ça, nous sommes sûrs que ce n'était pas une pétarade de moto.

— À vue de nez, un 7,65, dit Augello.

Et puis il demanda :

— Qu'est-ce qu'on en fait de cette douille ?

— De la soupe.

— Qu'est-ce que ça veut dire ?

— Mimì, en quoi cette cartouche peut-elle nous être utile ? Malheureusement, elle ne fait que nous confirmer qu'il y a eu des coups de feu. Et sur le moment, elle ne nous sert à rien d'autre.

Augello, pour une raison ou une autre, la glissa dans sa poche.

Mais Montalbano, qui s'était immobilisé, n'eut pas l'air de vouloir repartir.

Il réfléchissait, la tête baissée, en fixant la pointe de ses chaussures. Il avait une cigarette aux lèvres, mais avait oublié de l'allumer. Mimì garda le silence. Enfin, le commissaire parla, mais plus que parler à Augello, il pinsait à haute voix.

— À Fazio, si on admet que c'était Fazio, on lui a tiré dessus la première balle pendant qu'il était en train de retourner vers le portail nord. Évidemment, il avait fini de faire ce qu'il devait faire du côté de quelque entrepôt et là, il était en train de sortir du port, mais quelqu'un l'attendait là et lui a tiré dessus.

— Mais pourquoi est-ce qu'on a attendu à la hauteur de la cale de halage ? C'est l'endroit le plus dangereux passque c'est le plus proche du portail où il y a toujours un garde des Finances en faction.

— Ils n'avaient pas le choix. Imagine qu'ils le touchent et le tuent devant un entrepôt quelconque. S'ils ne se dépêchaient de faire disparaître le *catafero*, le cadavre, ils auraient dû le laisser là. Mais une fois le mort découvert, nous nous serions mis certainement à perquisitionner tous les entrepôts. Et ça, eux, ça ne leur convenait pas. La cale, au contraire, c'est un no man's land. Tous ceux qui viennent sur cette jetée sont obligés de passer par là. Bref, ça aurait été comme de lui tirer dessus sur la rue principale, en ville.

— En tout cas, au premier coup de feu, ils ne l'ont pas touché.

— Exact. Mais Fazio comprend qu'il ne peut plus continuer vers le portail. La route est barrée par celui qui a tiré. Et alors, qu'est-ce qu'il fait ?

— Qu'est-ce qu'il fait ?

— Il tourne le dos et repart en courant là d'où il vient, c'est-à-dire du côté des entrepôts.

— Mais comme ça, c'est pire !

— Pourquoi ?

— Passque la route qui passe devant les entrepôts finit devant la mer ! Elle ne te permet pas de monter sur la jetée. Donc, il n'aurait pas la possibilité d'échapper à son poursuivant. Il n'avait pas d'issue. Il est allé se fourrer lui-même dans un piège.

— Mais il savait à ce moment précis comment se présentait la situation et pas nous.

— Explique-toi mieux.

— Si ça se trouve, il y avait un entrepôt encore ouvert où il aurait pu ademander de l'aide. Le fait est que, comme l'a dit le garde des Finances, on lui a tiré une deuxième fois dessus quand il était arrivé à la hauteur du deuxième ou du troisième entrepôt. Et le fait qu'on n'ait pas entendu d'autre détonation, c'est mauvais signe.

— C'est-à-dire ?

— Ça veut dire que la deuxième balle l'a blessé ou tué.

— Sainte Mère ! gémit Augello.

— Mais peut-être aussi que Fazio, se voyant perdu, a levé les mains et s'est laissé prendre.

— Écoute, et si on se faisait donner un mandat de perquisition pour les entrepôts ? proposa Augello.

— C'est inutile.

— Explique-moi pourquoi !

— S'ils l'ont tué, le corps, ils l'ont pas gardé. Et aussi s'il est blessé ou prisonnier. Ils ne peuvent pas le mettre dans un hangar frigorifique passque, le temps de quelques heures, il adeviendrait une espèce de stockfish.

— D'accord. Mais s'il est mort, où est le *catafero* ?

— Moi, j'aurais une idée là-dessus. Tu veux le savoir ?

— Bien sûr.

— À la mer, Mimì. Bien lesté.

— Mais qu'est-ce que tu racontes, bordel ?

— C'est juste une idée, Mimì, t'énerve pas. Réfléchis. S'ils l'ont tué, le jeter à la mer était la chose la plus simple et sûre à faire. Moi, je suis convaincu qu'ils ne pouvaient cacher le corps dedans un entrepôt. Même si le gros de la besogne était fini, il y avait certainement quelques personnes à s'attarder. Ça aurait été trop risqué. *Senti a mia*, écoute-moi, débarrassons-nous de cette pinsée.

— Bon, d'accord.

— Fais une chose. Téléphone au Questeur. Raconte-lui la demi-messe, la moitié de l'affaire. Ou plutôt non, ne lui raconte rien de ce qui aconcerne Fazio. Dis-lui que nous avons besoin de récupérer une arme tombée en mer. Fais-toi prêter deux plongeurs.

— Excuse-moi, mais s'il me demande à qui appartient l'arme, qu'est-ce que je lui raconte ?

— Que le pistolet m'appartient.

— Et comment il a fait pour tomber à la mer ?

— Il est tombé d'un trou de la poche arrière de mes brailles.

— Et s'il me dit de laisser tomber ? Que ça ne vaut pas la peine de faire tout ce bazar ?

— Dis-lui qu'il en prendrait la responsabilité.

— De quoi ?

— Explique-lui que quand l'arme est tombée il y avait pas mal de gens présents. Et qu'il pourrait venir à l'idée de quelqu'un de plonger pour récupérer l'arme et s'en servir.

Mimì Augello s'éloigna de quelques pas et commença à parler dans son portable. Le coup de fil fut long, puis Mimì secoua la tête, s'approcha de Montalbano et lui tendit l'appareil :

— Il veut parler avec *tia*, toi.

— Montalbano ! Mais qu'est-ce que vous fabriquez, bon sang ?

— Monsieur le Questeur, tout cela, c'est à cause d'un trou qui…

— Mais c'est une histoire de fou ! Le genre de chose qui n'arrive qu'à vous ! Un trou ! Et si l'arme tombait en pleine rue remplie de monde et que le coup parte ?

— Je ne garde jamais la balle engagée dans le canon, monsieur le Questeur.

— Écoutez, Montalbano, je ne peux quand même pas demander l'intervention des plongeurs pour une bêtise pareille !

— Si vous voulez, je me jette, moi, à la mer. Je tiens longtemps en apnée, vous savez ?

— Montalbano, parler avec vous, pour moi, c'est une véritable souffrance ! Repassez-moi Augello.

Mimì resta encore cinq minutes à discuter, puis il mit fin à la communication et dit à Montalbano :

— Il est convaincu.

La supposition du commissaire s'avéra fausse. Quand le soleil commença à descendre, les deux plongeurs, qui avaient travaillé trois heures de suite, avaient trouvé rin de rin.

Ou plutôt, ils avaient atrouvé un dépotoir, y compris une poussette et une valise pleine à craquer de conserves de tomate, mais heureusement, aucun *catafero*.

— C'est mieux comme ça, dit Montalbano.

Mais pendant ce temps, dans le coin, des dizaines de pirsonnes s'étaient rassemblées, qui restaient là à mater, qui parlaient, riaient et posaient à haute voix des questions qui ne recevaient pas de réponses.

Puis un type qui dit être un des propriétaires des hangars s'approcha de Montalbano.

— Excusez-moi, commissaire, si je vous dérange. Mais j'ai besoin de savoir comment on doit se comporter.

— Avec qui ?

— Avec les chalutiers.

— Mais il n'y en a pas un en vue.

— D'ici deux heures, ils commenceront à rentrer.

— Eh beh ?

— Avec les plongeurs en action juste devant les entrepôts, ils ne pourront pas accoster pour décharger.

— Soyez tranquille. D'ici un quart d'heure maximum, nous aurons fini.

— *Ma putemu sapire che circate* ? demanda-t-il en passant d'un coup au dialecte : « Mais on peut savoir ce que vous cherchez ? »

Parler en dialecte les rapprochait.

— Bien sûr. *'U mè ralogio*, ma montre. Elle est tombée à l'eau ce matin.

— On m'a dit que c'est votre pistolet qui est tombé.

— Je m'étais trompé. Je les confonds tout le temps.

QUATRE

Quand Mimì et lui se pointèrent au commissariat, il s'était fait quasiment neuf heures du soir. Aucun des deux n'avait atrouvé le temps d'aller manger. Ou plutôt, s'ils avaient voulu, une heure, ils l'auraient eue à disposition, mais la vérité était qu'ils n'en avaient pas eu envie.

— Est-ce que par hasard Fazio s'est manifesté ?

— Oh que non, *dottori*.

Ils entrèrent dans le bureau de Montalbano.

— Assois-toi, Mimì. Réfléchissons encore cinq minutes. J'envoie prendre deux cafés ?

— Ça me paraît une bonne idée.

Montalbano souleva le combiné.

— Catarè, tu peux aller nous prendre deux cafés au bar ? Merci.

Ils se dévisagèrent.

— Commence, toi, dit Mimì.

— Il est clair maintenant que c'est eux qui ont Fazio. Mais nous ne savons pas s'il est mort ou vivant.

— Bah, en tout cas, il n'était pas dans la mer.

— Mais ça ne signifie pas que nous avons la certitude qu'il est vivant.

— D'accord. Mais s'ils l'ont buté au deuxième coup de feu, celui qui a été tiré du côté des entrepôts, où est-ce qu'ils l'ont mis ?

— Mimì, nous, on aréussira pas à se faire une idée pour une raison très simple. À savoir que nous ne savons pas ce qui se passe quand les chalutiers arrivent, combien de temps ils mettent à décharger, à quelle heure ils repartent des entrepôts pour aller à leur poste de mouillage, jusqu'à quand les camions frigorifiques sont là avant de repartir chargés de poissons… En somme : quel genre de mouvement il y a à ces heures-là ?

— Le garde des Finances dit qu'il a entendu tirer peu avant 4 heures et qu'entre 3 et 4, d'habitude, il y a une heure de calme.

— Bon, d'accord, mais qu'est-ce que ça veut dire, le « calme » ? Qu'il n'y a plus âme qui vive ? Ce n'est pas possible, quelqu'un devait encore se trouver là. En fait, je m'arappelle que le garde a dit qu'après les deux détonations il a vu passer une moto. Et donc, dans le coin, il y avait encore du monde.

La porte s'ouvrit violemment et alla claquer contre le mur. Mimì et le commissaire firent un bond sur leurs sièges. Augello jura à mi-voix. Catarella apparut, tenant le plateau des deux mains, le pied droit encore en l'air.

— Je demande pardon et mes excuses, mais j'acalculai pas bien bien la force du coup de pied.

Il posa le plateau sur le bureau.

— Écoute, Catarè, quelqu'un a demandé Fazio aujourd'hui ? s'enquit le commissaire.

Catarella glissa une main dans sa poche, en tira le petit carnet noir. Il se lécha la pointe de l'index et commença à le feuilleter.

Augello le fixait, ébahi.

— Donc, ont tiliphoné Bianco et Loccicciro.

— Et les autres, non ?

— Sarvacchio vint en pirsonne pirsonnellement.

— Donc, le seul qui n'a pas téléphoné, c'est Manzella.

— Précisément précisé, *dottori*.

— J'ai compris que dalle, lança Augello tandis que Catarella quittait la pièce.

Le café était bon. Et le commissaire lui raconta l'histoire des appels de Manzella.

— Donc, dit Mimì, *secunno tia*, d'après toi, si Manzella aujourd'hui n'a pas téléphoné, c'est parce qu'il est arrivé quelque chose à Fazio.

— C'est probable.

— Et maintenant, qu'est-ce qu'on fait ?

— Toi, tu rentres à la maison auprès de Beba et du minot.

— Et toi ?

— Moi, je m'arepose un peu ici et ensuite je vais sur la jetée voir comment se passe la besogne des poissons.

Il sortait de la pièce quand le téléphone sonna.

— *Dottori* ? Il y aurait qu'il y a au tiliphone le journaliste Zito.

— Passe-le-moi. Salut, Nicolò, comment ça va ? Ça fait un moment qu'on s'est pas parlé. Ta femme, ça va ?

— Bien, merci. Écoute, tu restes encore un moment au commissariat ?

— Non, j'étais en train de sortir.

— Tu vas à Marinella ?

— Non. Pourquoi veux-tu le savoir ?

— Rien, comme ça, histoire de parler.

— Non, Nicolò, tu me racontes des histoires. Qu'est-ce qu'il y a ?

— Je voulais savoir un truc. Faisons comme ça, si tu es pressé, passe-moi Fazio. Je lui demande à lui.

— Il n'est pas là.

— Il est rentré chez lui ?

— Je ne sais pas.

— Bon, alors j'essaie de lui tiliphoner quand même.

— Non !

Bon Dieu, il lui avait échappé avec trop de force, ce « non » ! Zito, quand il parla, semblait ahuri.

— Excuse-moi, bon d'accord...

— Écoute, Nicolò, le fait est que sa femme... elle va pas trop bien, côté santé et, lui, il est préoccupé... tu comprends ?

— J'ai compris. Au revoir, bonne nuit.

Est-ce que Nicolò Zitto s'était avalé la calembredaine qu'il lui avait racontée ?

Mais sur le fait que le coup de fil de son ami journaliste de Retelibera lui soit apparu un peu bizarre, il n'y avait pas de doute.

Il arriva à la jetée alors que quelques chalutiers étaient déjà amarrés devant les entrepôts et étaient en train de décharger leur pêche. Les projecteurs qui éclairaient la zone du trafic étaient tous allumés. On apercevait au loin, vers l'embouchure du port, les feux de position des autres bateaux en train de rappliquer.

Il y avait une véritable Babylone de cris, de jurons, d'ordres qui dominaient au-dessus du bruit des diesels des embarcations, des moteurs des camions, du ronronnement continu des congélateurs. Il s'aperçut que, dans l'espace entre deux entrepôts, ces espèces de ruelles étroites, régnait la grande agitation d'un marché sauvage de caissettes de poissons apportées par les hommes d'équipage eux-mêmes. Il ne devait pas s'agir de déchets, mais de la part quotidienne revenant à tous les pêcheurs de chaque barque. Ceux qui les achetaient, après une bonne séance de marchandage, chargeaient les caissettes sur des scooters ou dans des triporteurs Ape et s'en allaient. Ce devait être des propriétaires de restaurants, ou leurs employés, qui, ainsi, non seulement étaient sûrs d'avoir du poisson frais, mais le payaient la moitié de ce qu'ils auraient dû débourser au marché municipal.

Il lui vint en tête l'image du propriétaire de chalutiers qui lui avait rendu visite au commissariat.

Comment s'appelait-il déjà ? Ah, voilà, Rizzica. À cette heure-là, il devait sûrement s'atrouver dans les parages.

Il arrêta un policier municipal en train d'emporter une caissette de poissons. À tous les coups, ce devait être sa récompense pour avoir fermé l'œil sur ces marchés sauvages.

— Le commissaire Montalbano, je suis. Je voudrais savoir…

Il vit l'autre blêmir.

— Ce poisson, je me le suis acheté ! Je vous le jure ! s'exclama-t-il d'une voix tremblante.

— Je ne le mets pas en doute.

— Et alors, qu'est-ce que vous voulez ?

— Je voudrais savoir si vous savez où trouver M. Rizzica.

— À Rizzica, vous l'atrouvez dans un de ses entrepôts.

— Et ce sont lesquels ?

— Numéros 3 et 4 et le dernier.

— Merci.

— Toujours à vos ordres ! dit le policier, manifestement soulagé, avant de s'éloigner en courant, dans la crainte que Montalbano ne se ravise et ne lui demande des comptes sur la caissette de poissons.

Devant la porte ouverte de l'entrepôt numéro 3, il y avait la même Ford que le matin. Il entra et vit tout de suite Rizzica.

Il parlait d'un air préoccupé avec un type en salopette. Mais dès qu'il nota la présence de Montalbano, il alla à sa rencontre, main tendue.

— Sortons.

À l'évidence, il ne voulait pas parler en présence de l'homme en salopette. Ils s'arrêtèrent sous une espèce d'arche creusée dans la jetée qui puait le caca et la pisse récente congelée, ce qui expliquait qu'il n'y avait personne alentour.

— Vous êtes venu pour ma déposition ?

— Non. Mais vous avez fait une déposition en bonne et due forme à Augello ?

— Oh que non, en bonne et due forme, non. Mais c'est toujours une déposition.

— Vos chalutiers sont rentrés ?

— Il faudra encore une heure et demie.

— Et celui qui est toujours en retard, le… comment il s'appelle ?

— Le *Maria Concetta* ? Non, aujourd'hui, c'est son jour de repos. Mais ce soir, si tout le monde avait été en retard, ça aurait peut-être été mieux.

— Pourquoi ?

— Parce que depuis hier, j'ai un entrepôt hors d'usage. La surgélation ne fonctionne plus. Vous ne savez pas le paquet d'argent que j'ai perdu. J'ai dû jeter tout le poisson à la mer. L'électricien dit qu'il faut faire venir une pièce de rechange de Palerme. Et par malchance, les deux chalutiers en train de rentrer sont pleins, ils ont fait bonne pêche. Je vais devoir mettre en route le troisième entrepôt qui ne me sert que…

— Mais vous ne m'avez pas dit que vous aviez cinq chalutiers ?

— Oh que oui.

— Comment se fait-il qu'il y en ait que deux de sortis ?

— Commissaire, je les fais alterner. Deux se reposent et trois sortent. Et vice versa.

— J'ai compris.

— Écoutez, je dois retourner à l'intérieur. Pour ce que je vous ai dit, le *dottor* Augello sait tout. Je compte sur vous.

— N'en doutez pas. Excusez-moi, comment avez-vous dit qu'il s'appelle le capitaine du *Maria Concetta* ?

— Aureli. Aureli Salvatore.

— Une dernière chose. Vous vous rappelez les noms des hommes de l'équipage ?

— Je les ai donnés au *dottor* Augello.

— Donnez-les-moi aussi.

— Albanese Totò, Bellavia Gaspano, Dima Peppe, Fragapane Gegè, Zambito 'Ntonio et deux Tunisiens dont je ne m'arappelle pas les noms, mais je les ai donnés au *dottor* Augello.

Pas de Manzella. Pendant un instant, il avait espéré.

Passé les trois heures du matin, le plus gros du boucan s'était calmé. Les chalutiers ne se tenaient plus devant les entrepôts, maintenant, ils se trouvaient tous à leur mouillage dans le port. Les camions frigorifiques aussi étaient partis. Les grandes portes des hangars étaient toutes closes, à l'exception du numéro 3, où les électriciens tentaient encore de réparer la panne. Mais…

Mais la route n'était pas complètement désertée. Il y avait encore cinq ou six pirsonnes qui s'attardaient à parler, à discuter, deux avaient même élevé la voix et commençaient à se chicorer. Si ça se passait toujours comme ça, quelqu'un avait dû, à force, entendre et peut-être voir la scène de Fazio en train de fuir pendant qu'un type lui courait après en tirant.

Le garde des Finances avait dit qu'après les deux détonations il avait vu passer 'ne motocyclette de grosse cylindrée ? Et donc, il y avait eu au moins un témoin ! Mais c'était le genre de gens qui ne parleraient jamais, il en était plus que sûr.

Tout à coup, il se sentit tomber dessus une fatigue si lourde que ses genoux, un instant, se plièrent.

Inutile de perdre encore du temps, il adécida que, le lendemain matin, il irait voir le Questeur pour lui raconter l'histoire et faire acommencer officiellement les recherches. Il se résigna. De toute manière, plus le temps passait et pire c'était pour Fazio, du moins s'il était encore vivant.

— Montalbano !

Il se retourna et se retrouva face à face avec Nicolò Zito.

— Comment tu as fait pour savoir que j'étais ici ?

— C'est Augello qui me l'a dit, je lui ai téléphoné chez lui, après avoir vainement essayé de me mettre en contact avec toi.

— Qu'est-ce qui se passe ?

— Je dois te parler.

— Eh ben, parle.

— On va dans ma voiture ?

Il l'avait garée près de la cale de halage. Le vent du petit matin piquait, Montalbano, sous l'effet de la fatigue, du jeûne et de l'inquiétude, tremblait carrément de froid.

Une fois dans la voiture, il posa la tête contre le dossier et ferma les yeux.

Il les rouvrit parce qu'il sentait une odeur de café. Zito lui avait mis sous le nez le gobelet d'un thermos rempli de café bouillant. Le commissaire se reprit.

— Depuis combien de temps Fazio a-t-il disparu ? demanda le journaliste.

Montalbano en avala son café de travers. Zito lui donna une claque dans le dos pour l'aider à reprendre son souffle.

— Qui te l'a dit ?

— J'ai reçu un appel et puis tu me l'as confirmé, toi.

— Moi ?!

— Oh que oui, monsieur. Toi. Quand tu m'as balancé ce « non » pour m'empêcher d'appeler Fazio chez lui. Tu l'as dit d'une manière ! Là, j'ai compris qu'il y avait quelque chose qui ne tournait pas rond. Sur quoi enquêtait-il ?

— C'est ça, le tracassin, Nicolò. Je ne sais pas. Il besognait pour son propre compte, tu comprends ? Et il n'a rien dit à pirsonne. Qui t'a téléphoné ?

— Je ne peux pas te le dire. Ce quelqu'un m'a appelé et m'a dit qu'il lui a semblé voir Fazio dans une sale situation.

— En quel sens ?

— Il avait dû être blessé à la tête passqu'il l'avait bandée.

— Il était seul ?

— Non. Mais laisse-moi parler. Comme il n'était pas sûr qu'il s'agissait de Fazio, ce monsieur voulait que je me renseigne. Je l'ai fait et je l'ai rappelé sur son portable pour lui dire qu'il me semblait que toi, indirectement, tu avais confirmé. Et alors, lui, il m'a demandé de le rappeler dans deux heures.

— Pardon, mais pourquoi n'a-t-il pas téléphoné au commissariat ?

— Je vais t'expliquer après. J'ai rappelé deux heures plus tard et il m'a donné l'indication précise de l'endroit où on peut aller le voir, comme ça, il nous expliquera mieux. Tu veux qu'on y aille.

— Bien sûr. C'est où ?

— Du côté de Rivera. Une heure et demie de voiture.

— Allez, démarre. Tu me dis pourquoi il n'a pas téléphoné au commissariat ?

— Parce qu'il est recherché, Salvo.

Et pourquoi un homme recherché irait-il se préoccuper du sort d'un flic ? Inutile pourtant de poser des questions : Zito ne livrerait jamais le nom de son informateur.

Au moins, il y avait une bonne nouvelle : Fazio était encore vivant.

— Qu'est-ce que tu lui as dit, à Augello ?

— Qu'il fallait que je te parle d'urgence.

— Tu as fait allusion au fait qu'il s'agissait de l'histoire de Fazio ?

— Non.

Devait-il tiliphoner à Mimì pour lui apprendre la nouvelle. Non, il valait mieux le laisser continuer à dormir. Sur ce mot, comme par une espèce de contagion immédiate, il ferma les yeux. Et s'endormit.

Le silence l'aréveilla.

Il était seul. Il faisait jour. La voiture était arrêtée dans une draille de campagne, mais de véritable campagne alentour, il n'y en avait pas, il n'y avait qu'une terre désolée, abandonnée. Quelques arbres épuisés qu'on comprenait plus quels fruits ils avaient donnés si jamais ils en avaient donné, des touffes d'herbe sauvage hautes comme un homme, des plaques de sorgho et une marée de pierres blanches.

Un *chiarchiaro*, lieu maudit où l'on ne peut rin cultiver et où il est aussi dangereux de marcher, passque soudain, on peut se retrouver englouti dans un pertuis qui ensuite s'élargit pour adevenir une faille profonde dans la terre.

Montalbano savait que les *chiarchari* étaient des cimetières d'os anonymes, les endroits préférés de la Mafia pour faire disparaître quelqu'un. On l'emmenait jusqu'au bord du pertuis, on lui tirait dessus et on le laissait tomber dedans. Ou bien, on épargnait les balles : on le jetait vivant dans le *chiarchiaro*, et l'autre, ou bien il mourait pendant la chute en se cognant contre les roches, ou bien, s'il s'arrivait vivant au fond, pouvait gueuler tant qu'il voulait, pirsonne ne l'entendrait. Il mourait lentement de faim et surtout de soif.

À main droite, à une dizaine de mètres de la draille, il y avait une maisonnette à demi ruinée faite d'une seule pièce, un cube blanc qu'on aurait dit une pierre plus grande que les autres. À demi effondrée, oui, mais avec la porte fermée. Peut-être que Nicolò était dedans, à parler avec le type recherché.

Il adécida de ne pas sortir de la voiture. Il fouilla dans sa poche, dans le paquet, il ne lui restait plus que trois cigarettes. Il s'en alluma une, baissa la glace. On n'entendait pas un seul oiseau chanter.

Puis, sur la fin de la cigarette, la porte du cube s'ouvrit et Zito apparut, qui lui fit signe de descendre de voiture et d'approcher.

— Il est disposé à tout te raconter, mais il y a un problème.

— Lequel ?

— Il ne veut pas que tu voies son visage.

— Et comment on peut faire ?

— Je dois te bander les yeux.

— Tu galèjes ?

— Non. Si je ne te bande pas les yeux, il ne parle pas.

— Je vais le faire parler, moi.

— Salvo, ne dis pas de conneries. Toi et moi, on est désarmés, et lui, il a un revorber. Allez, ne fais pas le con.

Et il tira de sa poche un mouchoir énorme, rouge et vert, de cul-terreux.

Malgré la situation, Montalbano laissa échapper un rire.

— Alors, toi, tu utilises ces mouchoirs ?

— Oui. Depuis quelque temps. La sinusite.

Le commissaire se laissa bander les yeux et conduire à l'intérieur de la bicoque.

— Bonjour, *dottor* Montalbano, dit la voix d'un homme d'âge moyen, plutôt profonde et éduquée.

— Bonjour à vous.

— Excusez-moi de vous avoir fait venir jusqu'ici et encore plus de vous avoir fait bander les yeux, mais il est bon que vous ne sachiez pas qui je suis.

— Abrégeons ces politesses à la con, fit le commissaire. Et dites-moi ce que vous avez à me dire.

— L'autre matin, il pouvait être 6 heures, je m'atrouvais dans les parages de la montagne Scibetta. Vous aconnaissez la zone des puits secs ?

— Oui.

— J'étais en voiture et je vins à passer devant l'abreuvoir qui contenait autrefois de l'eau et qui n'en a plus maintenant. Il y avait trois pirsonnes, une assise sur le bord de l'abreuvoir. Les deux autres étaient debout à côté de lui. L'homme assis avait le front bandé et la chemise tachée de sang. Puis un des deux lui donna un coup de poing au visage et le fit tomber dans l'abreuvoir. Mais moi, avant, je l'avais areconnu. Ou du moins, il m'avait semblé que c'était M. Fazio.

— Vous en êtes sûr ?

— Très sûr.

— Et puis ?

— Moi, j'ai continué ma route et j'ai vu, dans le rétroviseur, qu'ils le tiraient dc nouveau dehors.

— Et qu'est-ce que vous avez fait après ?

— Moi, je devais m'éloigner, et vite, de la montagne Scibetta passque j'avais su que les carabiniers venaient m'y chercher. Et j'ai pinsé que le mieux était de venir me cacher ici. Mais, avant d'arriver, j'ai appelé M. Zito.

— Comment se fait-il que vous me connaissiez ?

— Laisse tomber, dit la voix de Nicolò dans son dos.

— C'est bon, continuez.

— Avant tout, je voulais la confirmation qu'il s'agissait de Fazio.

— Et quand vous en avez été sûr, pourquoi avez-vous voulu que Zito me téléphone ?

— Passqu'une fois, avec mon fils, M. Zito s'est conduit comme un gentilhomme.

— D'après vous, pourquoi est-ce qu'ils ont emmené Fazio jusqu'à la montagne Scibetta ?

— Excusez-moi, mais moi je ne sais ni comment, ni où ils l'ont pris.

— Ils l'ont presque certainement blessé et enlevé au port de Vigàta.

— Ah, fit l'inconnu.

Et il ne dit rien de plus.

— Alors ? demanda Montalbano, nerveux.

— Commissaire, s'ils l'ont emmené jusque-là, c'est pour le balancer dans un des puits secs. Ils veulent le faire disparaître. Venir jusqu'au *chiarchiaro*, ça leur aurait fait perdre trop de temps.

C'était justement la réponse qu'il avait peur d'entendre.

Maintenant, il n'y avait plus de temps à perdre.

— Bonne chance, M. Nicotra, et merci, dit le commissaire.

— Comm… comment m'avez-vous reconnu ?

— Avant tout, il y a quelque temps, j'ai entendu raconter votre histoire par Zito, dont vous êtes l'ami depuis l'école. Et puis, quand vous avez dit que Fazio s'était bien comporté avec votre fils… j'ai fait deux plus deux. Merci encore.

CINQ

À peine sorti de la bicoque, il retira le mouchoir qui lui bandait les yeux et se mit à courir vers la voiture, suivi par Zito.

— Vite ! Vite !

— Où allons-nous ? demanda le journaliste.

— À la montagne Scibetta. Il n'y a pas une minute à perdre !

— Mais réfléchis, Salvo : ça fait des heures et des heures qu'il a été vu…

— Je réfléchis, ne t'inquiète pas, je réfléchis.

— À cette heure, ce qu'ils voulaient lui faire, à Fazio, ils le lui ont déjà fait

— Oui, mais si ça se trouve, il est encore vivant, peut-être gravement blessé, mais vivant. Tu le sais où sont les puits secs ?

— Oui.

— Combien de temps faut-il pour aller là-bas ?

— Dans les deux heures.

— Démarre et, pendant que tu roules, donne-moi ton portable.

Il appela Augello qui était encore ensommeillé. Mais à l'instant où Montalbano lui dit ce qu'il avait appris, il s'aréveilla d'un coup.

— À ton ami Nicotra, tu devrais lui conseiller de se présenter à la justice, dit le commissaire à son ami Nicolò.

— Tu ne peux pas savoir le nombre de fois où je le lui ai dit. Mais il n'y a rien à faire, l'idée de se retrouver en taule le rend dingue. Ça existe, non, l'incompatibilité avec la vie en détention ? Eh ben, lui, il est incompatible. Et deux meurtres, ce n'est pas rien.

— D'accord. Mais il aurait toutes les circonstances atténuantes. Si on te fait porter les cornes, tu peux faire tous les massacres que tu veux et t'en tirer les doigts dans le nez. Allons ! Tu surprends ta femme au lit avec ton frère et tu leur tirerais pas dessus à tous les deux ? Quel genre d'homme tu es ? Tu le sais qu'un jury fait de pirsonnes qui prennent en compte l'Honneur, la Famille, le Devoir et la Vertu féminine, il acquitterait sûrement Nicotra ?

Le rendez-vous était à l'abreuvoir asséché. Mais quand ils arrivèrent, il n'y avait pas l'ombre d'Augello et de ses hommes.

— Mais qu'est-ce qu'ils foutent, bordel ? se demanda, énervé, Montalbano.

— Ben, tenta de le calmer Zito, tu sais que pour faire ce que tu leur as demandé, il faut du temps.

Le commissaire s'alluma une cigarette. Heureusement qu'il avait atrouvé un café-tabac ouvert à Rivera et qu'il s'était acheté trois paquets, histoire de se prémunir.

Les premiers à se présenter furent quatre pompiers avec un gros fourgon équipé aussi d'une grue. Visiblement, Augello leur avait bien expliqué la besogne qui les attendait, à savoir descendre dedans des puits asséchés depuis longtemps, mais très profonds.

— Nous, on est prêts. On y va ? demanda celui qui était le chef.

Il s'appelait Mallia et avait écouté presque distraitement le résumé que lui avait fait le commissaire.

— Nous devons attendre que mon adjoint arrive, dit Montalbano.

— Écoutez, nous en tout cas, on part devant et on va voir comment se présente la situation. Comme ça, on gagnera du temps. On se retrouve au premier puits.

— Vous savez où ils sont ?

— Bien sûr, à cinq cents mètres d'ici. Il y a deux ans j'en ai sorti un *catafero*, dit Mallia.

Principio sì giolivo ben conduce, avec un début si joyeux, on est bien parti, disait le poète. Sans se faire remarquer, le commissaire fit promptement un geste de conjuration en se touchant les burnes.

Puis, enfin, Mimì Augello arriva au volant de sa voiture. Dans celle de patrouille qui le suivait, conduite par Gallo, se trouvaient Galluzzo et un nouvel agent, Lamarca, qui semblait un gars intelligent et vif.

Les trois puits avaient été creusés une trentaine d'années auparavant, à une centaine de mètres les uns des autres et ils étaient reliés entre eux par une espèce de sentier de chèvres. Le terrain, une trentaine d'hectares en tout, avait appartenu depuis des générations aux Fradella qui n'avaient jamais aréussi, malgré leurs talents de paysans, à en y faire pousser un seul arbre ou à y cultiver un mètre carré de quoi que ce soit. Que de la terre perdue. Comme la légende disait qu'à l'époque des temples quelques brigands avaient violé et tué en ces lieux une pauvre petiote, tout le monde croyait que le terrain ne donnait rin passqu'il était maudit. Alors, les Fradella avaient fait venir un ermite de la région de Trapani, qui savait comment commander au diable. Lui non plus n'avait pas réussi à faire pousser un brin d'herbe. Le terrain était stérile parce qu'aride, mais il aurait suffi peut-être d'un peu d'eau pour le faire changer complètement. Une trentaine d'années auparavant, justement, était revenu de la 'Mérique Joe Fradella, qui là-bas était carrément propriétaire d'un ranch et qui avait expliqué à ses parents que, lui, il aconnaissait un sourcier straordinaire, capable d'atrouver de l'eau au milieu du Sahara. Et il l'avait fait venir, à ses frais, de la 'Mérique. À peine avait-il fait un tour dans le coin, que le rhabdomancien avait dit :

— Là-dessous, il y a une mer d'eau douce !

Alors les Fradella avaient fait creuser le premier puits et, à une trentaine de mètres, l'eau était sortie bien fraîche. Ils en firent creuser deux autres et en deux ans, le terrain, arrosé sans arrêt par un système de tuyaux et de vannes, commença à verdir. Quoi qu'on y semât, ça prenait. Bref, cette trentaine d'hectares adevint un paradis terrestre. Puis, le gouvernement régional avait décidé d'ouvrir une nouvelle voie rapide entre Montelusa et Trapani, un chantier de travaux publics de straordinaire importance, avaient expliqué les hommes politiques. La route devait passer à l'intérieur de la montagne Scibetta, et donc on y creusa un tunnel qui la perçait de part en part. Avec la galerie, ce fut la fin de tout.

À savoir que la voie rapide ne se fit plus parce que ce qui fila rapidement, ce fut l'argent alloué, adjudicataires et Mafia l'avaient mis dans leurs poches et, pour couronner le tout, d'un jour à l'autre l'eau des terres Fradella, qui s'étendaient au pied de la montagne, disparut. Le pertuis de la galerie avait déplacé la nappe aquifère. Et comme ça, le terrain redevint tel qu'il avait toujours été : aride et improductif.

Depuis lors, les puits à sec avaient acommencé à servir de commodes tombes anonymes.

Étant donné que, dans le premier puits, le pompier qui était descendu jusqu'au fond, dûment équipé et accroché à un treuil, n'avait rin trouvé, tous les hommes et le matériel se déplacèrent vers le deuxième. L'homme était arrivé à une vingtaine de mètres de profondeur quand il fit signe qu'il voulait qu'on le remonte.

— Mais il n'est pas arrivé au fond, observa le commissaire.

— Manifestement, il est en difficulté, dit Mallia.

Dès qu'il fut sur le rebord, le pompier déclara :

— J'ai besoin du masque.

— Vous manquez d'air ? lui demanda Montalbano.

— Non, mais il y a une terrible odeur de chair en putréfaction.

Ce fut pour Montalbano comme un coup de poing dans l'estomac. Il blêmit et n'eut pas même la force de dire un mot. Il eut envie de vomir. Mais Augello parla.

— Vous avez vu… si…

— Je n'ai rien vu. J'ai seulement senti l'odeur.

Le chef des pompiers qui avait noté le changement brutal du commissaire intervint :

— Il n'est pas dit que ce soit un corps humain, vous savez ? Ça peut très bien être un mouton, une chèvre…

Le pompier se mit le masque et redescendit. Mimì glissa un bras sous celui de Montalbano et le tira à part.

— Pourquoi tu fais ça ? Ça ne peut pas être Fazio.

— Et pourquoi ?

— Parce que son corps n'aurait pas eu le temps de se… de s'abîmer comme ça.

Augello avait raison, mais cela n'empêcha pas Montalbano de continuer à éprouver une espèce de tremblement intérieur.

— Pourquoi tu ne vas te reposer un peu dans la voiture ?

— Non.

Il n'arriverait pas à se tenir tranquille. Il avait besoin de marcher, ce qu'il fit autour du puits comme un âne attaché à la meule sous le regard inquiet des autres.

Le pompier ressortit.

— Il y a un cadavre, annonça-t-il.

Malgré les paroles d'Augello, Montalbano fut pris d'un accès de nausée. Tandis que, appuyé à une voiture, il vomissait tripes et boyaux, il entendit le pompier qui continuait.

— D'après l'apparence du cadavre, il est sûrement là-dedans depuis au moins quatre ou cinq jours.

— Il faut qu'on le récupère, dit le chef.

— Ça ne va pas être simple, observa le pompier.

Cependant, Montalbano s'était repris du malaise provoqué par la peur ressentie à l'annonce que dedans le puits, il y avait un *catafero*. Il s'était senti une décharge électrique lui parcourir le corps, de la coucourde à la pointe des pieds et il lui était venu à la bouche une sensation d'amertume et d'âpreté, comme un renvoi. Mais s'il était mort depuis quatre ou cinq jours, Augello avait raison, le *catafero* du puits ne pouvait être celui de Fazio. Sauf que cette considération logique, tranquillisante, lui était venue après, quand l'épouvante avait déjà fait ses dégâts. Mais la pinsée de la disparition de son subordonné le dévorait vivant, il aurait tout donné, argent et santé, pour l'atrouver.

— Vous avez l'équipement adapté pour le tirer de là ? demanda-t-il à Mallia.

— Bien sûr.

— Alors, Mimì, avertis le proc', la Scientifique et le Dr Pasquano.

— Qu'est-ce qu'on fait, on commence tout de suite, ou on doit attendre ces messieurs ? s'enquit le chef des pompiers.

— Il vaut mieux les attendre. Entre-temps, nous, on pourra aller jeter un coup d'œil au troisième puits.

— Vous pensez que la personne que vous cherchez n'est pas celle que nous avons trouvée ?

— À ce point, j'en suis plus que sûr.

— Mais…

— Vous avez quelque chose contre ? demanda le commissaire, démarrant au quart de tour.

À ce moment, il ne supportait aucune observation.

— Non, dit Mallia. Je n'entendais absolument pas… Mais, voyez-vous, nous pourrions aller inspecter le troisième puits non pas maintenant, mais tout de suite après avoir tiré dehors le cadavre qui est là. Déplacer et réinstaller le matériel est fatigant et compliqué, vous comprenez ?

Il comprenait. Le cœur serré, de mauvaise grâce, mais il comprenait.

— Bon, bien, d'accord.

Zito, qui s'était tenu jusque-là à l'écart, s'approcha de lui. Il se rendait compte de la situation dans laquelle s'atrouvait son ami. Il savait quels étaient les rapports entre Montalbano et Fazio.

— Salvo, je peux appeler la rédaction ?

— Pourquoi ?

— Si tu n'as rien contre, je vais faire venir quelqu'un pour filmer. Pour nous, c'est important.

Il devait bien remercier Nicolò, payer sa dette. Sans lui, à cette heure-ci, ils seraient encore en train de chercher Fazio du côté du port.

— Appelle-la.

Il se lança seul sur le sentier qui conduisait au troisième puits. Celui-ci montait, et au bout d'une dizaine de pas, il haletait. Il était trop fatigué et l'inquiétude pour Fazio agissait sur sa tête comme un vent furieux qui ne lui permettait pas d'aligner les idées, de raisonner avec un minimum de logique. Il n'était pas seulement fatigué, il continuait à avoir peur.

Il s'attendait à recevoir d'un moment à l'autre une mauvaise nouvelle, ou bien à voir de ses propres yeux, ce qu'il n'aurait jamais voulu voir. Dieu seul sait comment il arriva au troisième puits. À terre, près de l'ouverture, il y avait encore les restes rouillés de ce qui avait dû être une grosse pompe aspirante.

Il se reposa, assis sur le muret du puits à demi écroulé. Le soleil tapait, la journée s'était faite chaude, mais lui, il avait des sueurs froides. La terre tout autour du puits était adevenue une poussière fine comme du sable, et ce fut ainsi qu'il s'aperçut que quelques traces de chaussures y étaient imprimées. Mais comme dans ce coin, il pleuvait peu et qu'il n'y avait même pas de vent, qu'une terre morte c'était, il n'arriva pas à décider si ces traces étaient récentes ou anciennes. Puis il s'aretrouva à plat ventre et se mit à mater dedans le puits. Noir complet. Non, il fallait vraiment que le pompier y descende. Et en tout cas, si Fazio était allé finir là-dedans, il n'y avait pas le moindre espoir qu'il soit encore vivant.

Tandis qu'il retournait vers les pompiers et ses hommes, il lui vint une pinsée qui lui parut bonne. Il prit Mimì à part.

— Écoute, Mimì, je me suis mis d'accord avec le chef des pompiers : une fois qu'ils auront sorti le mort, on ira inspecter le dernier puits.

— Oui, il me l'a dit.

— Si, comme je l'espère, Fazio n'est pas là, nous, quand tout le monde sera parti, on restera.

— Pour quoi faire ?

— Comment, pour quoi faire ? Pour chercher Fazio. Je suis sûr qu'il est dans les parages.

— Qu'est-ce qui te le fait croire ?

— Fazio a été blessé au port, d'accord ? De là, ils l'ont chargé dans une voiture et l'ont emmené ici, d'accord ? Ici, on peut pas dire qu'ils l'ont bien traité, ils ont continué à le tabasser, d'accord ? Conclusion : s'ils ne l'ont pas tué et jeté quelque part, Fazio, blessé, s'atrouve dans les environs, parce qu'il est absurde de penser qu'ils l'ont juste remis en voiture et ramené à la jetée.

— Et alors, d'après toi, qu'est-ce qu'on peut faire ?

— Dès que nous nous serons débarrassés de ce mort, toi, tu montes en voiture, tu vas voir le Questeur et tu lui racontes tout. Il faut qu'on organise une grande battue.

— D'accord. Et toi ?

— Moi, avec Galluzzo et Lamarca, je commence à chercher dans les parages.

— D'accord.

Le grand cirque qui se mettait d'ordinaire en place à l'occasion des meurtres eut besoin de deux heures pour arriver de Montelusa. En premier se pointèrent les gens de la Scientifique qui commencèrent à prendre quelques milliers de photos, comme généralement en ces occasions : cette fois, ils mitraillèrent le bord du puits et les environs. Vu qu'Arquà, le chef de la Scientifique qui lui était très 'ntipathique, n'était pas présent, le commissaire s'approcha d'un type qui donnait des ordres et lui expliqua qu'il serait opportun de contrôler attentivement l'abreuvoir, il pouvait s'y trouver des traces de sang.

— Mais comment vous faites pour savoir qu'avant de le jeter dans le puits, ils l'ont gardé près de l'abreuvoir ? demanda l'autre avec un regard soupçonneux.

Putain, c'était vrai ! Il avait fait une très grande confusion entre Fazio et le cadavre du puits ! Il devait être complètement cuit, sa tête ne fonctionnait plus.

— Vous faites ce que je vous dis ! rétorqua-t-il sur un ton sévère.

Le type répondit qu'il le ferait dès qu'ils auraient fini avec le mort.

Puis arriva le Dr Pasquano, avec ambulance et brancardiers, qui se mit à brailler :

— Qu'est-ce que vous prétendez ? Que je descende moi, dans le puits ? Mais sortez-le-moi, bon Dieu !

— On doit attendre le proc' Tommaseo.

— Mais bon Dieu, ce type, il roule à une vitesse qu'un *vavaluci*, il le dépasserait ! La prochaine fois, appelez-moi seulement après son arrivée !

Ce n'était pas vrai, Tommaseo ne roulait pas lentement au point qu'un escargot le dépasserait, enfin, c'était connu, il conduisait comme un âne bourré. En fait, à peine arrivé, il raconta qu'entre Montelusa et ici, il avait mis trois heures parce qu'il était sorti deux fois de la route et une troisième, il était allé finir contre un arbre. Il déclara que, dans la rencontre avec l'arbre, il s'était cogné le front et donc se sentait l'esprit un peu confus.

— C'est un homme ou une femme ? demanda-t-il au chef des pompiers.

— Un homme.

D'un coup, le proc' Tommaseo parut perdre tout intérêt pour la chose. Lui, il ne s'intéressait qu'aux *catafcri* de femmes, si possible nues, et aux crimes passionnels.

— Bon, bon, sortez-le. Bien le bonjour.

Il tourna le dos à tout le monde, remonta en voiture et partit. Vers un autre arbre, probablement. Tous les présents, sans exception, l'envoyèrent mentalement se faire mettre la même chose au même endroit.

Cette fois, on ajouta au treuil un harnais avec une toile cirée sur les côtés de laquelle pendaient des cordons. Montalbano plaignit le pompier : son travail ne serait ni facile ni plaisant. C'était un boulot de fossoyeur. Et tandis qu'il formulait cette pinsée, d'un coup les voitures, les hommes, le paysage même se mirent à tourner tout autour de lui. Il perdit l'équilibre et, pour ne pas tomber à terre comme un sac vide, s'agrippa avec force au bras de Mimì qui se tenait à ses côtés.

— Salvo, rentre chez toi. Je reste ici. Tu ne vois pas ta tête, lui dit Mimì.

— Non.

— Tu ne tiens pas debout ! Fais-moi plaisir, viens au moins t'asseoir dans la voiture, intervint Zito.

— Non.

S'il s'asseyait, il s'endormirait d'un coup.

Enfin, après bien des tentatives, le *catafero*, enveloppé dans une toile cirée et lié par les cordelettes comme une momie, apparut au bord du puits, fut posé sur le sol et détaché.

Tous s'approchèrent pour mater, en se couvrant le nez et la bouche d'un mouchoir. Pour ce qu'on pouvait y comprendre, c'était un homme de près de 60 ans, complètement nu, très abîmé. Le visage était un amas de chairs et d'os. Le pompier se fit de nouveau descendre.

— Qu'est-ce qu'il va faire ?

— Récupérer une couverture qui se trouvait sous le cadavre.

Pendant ce temps, Pasquano avait jeté un coup d'œil au mort.

— Ici, je peux rin faire. Amenez-le-moi à l'Institut.

— Comment est-il mort, docteur ?

— Qu'est-ce qui se passe, Montalbano ? La vieillesse vous fait perdre la vue ? Vous ne le voyez pas qu'on a lui tiré au strict minimum tout un chargeur dans le visage ?

Les gens de Retelibera arrivèrent à temps pour filmer la scène.

Quand ils eurent terminé, Zito s'approcha de Montalbano, l'étreignit fortement et s'en alla avec eux.

Comme les hommes de la Scientifique s'en allaient aussi, le chef des pompiers Mallia s'approcha du commissaire.

— Il vaut peut-être mieux les retenir ici.

— Pourquoi ?

— Parce que si dans le dernier puits, par malheur, nous trouvons des restes, il faudra les faire revenir.

— Tu parles, ils n'en mourront pas ! Écoutez, ne perdez pas de temps, s'il vous plaît.

Mallia donna un ordre et le fourgon démarra vers le troisième puits.

— Monte en voiture, lui dit Mimì.

— Non. J'y vais à pied.

Ils ne comprenaient pas que s'il s'asseyait il était perdu.

Il arriva au puits, trempé de sueur, et quand il s'alluma une cigarette, ses mains tremblaient. Il n'y pouvait rien.

Ce qui le faisait tenir debout, c'était l'attente de la réponse du pompier après qu'il serait descendu. Mais, putain, combien de temps il leur fallait pour l'attacher ?

— Ils pourraient pas se grouiller un peu ?

— Du calme, Salvo. Ils font aussi vite que possible.

Enfin, le pompier acommença de descendre. Sainte Mère, comme ils le descendaient lentement ! Comme ils y allaient tranquillement ! Mais quoi, ils le faisaient exprès pour le rendre dingue ? Il n'y tint plus, à rester là à regarder. Il s'éloigna de quelques pas, se baissa, ramassa une pierre et la lança contre un morceau de fer.

Il le manqua de trois bons mètres. Il lança une autre pierre et le manqua encore. Et encore, encore... Au bout d'une éternité, au bruit différent que faisait le treuil, il comprit que le pompier était en train de remonter à la surface.

Mais celui-ci, quand il arriva à la margelle, ne sortit pas complètement, seule sa tête sortait. Son chef s'approcha et il lui parla à l'oreille. Qu'est-ce que ça voulait dire ? À l'instant précis où il se posait la question, il surprit un regard entre le chef et Mimì Augello. Très rapide, le temps d'un battement de cils. Mais cela lui suffit pour comprendre le sens de ce coup d'œil, comme si ces deux-là avaient parlé avec des mots.

— Vous l'avez trouvé ! Vous l'avez trouvé !

Il fit un saut en avant mais fut bloqué par Mimì qui l'agrippa en le serrant très fort. Gallo, Galluzzo et Lamarca, comme s'ils s'étaient mis d'accord, entourèrent les deux hommes.

— Allez, Salvo, ne fais pas ça. Je t'en prie, calme-toi ! lui dit Mimì.

— Et puis, *dottore*, pour l'instant, *non lo sapemu cu è il morto*, nous ne le savons pas qui est le mort, intervint Gallo.

— Lamarca, s'il te plaît, rappelle tout le monde, la Scientifique, le proc'..., commença Augello.

— Non !

Le cri de Montalbano fut si fort que les pompiers se retournèrent.

— Je vous dirai, moi, quand il faudra les rappeler ! Compris ? dit-il en repoussant violemment Augello.

Tous le fixèrent, ahuris. La fatigue semblait lui être passée d'un coup. Maintenant, il était debout, immobile, sans plus de tremblements dans la main.

— Mais pourquoi ? Comme ça, on gagnerait du temps, objecta Augello.

— Je ne veux pas que des étrangers le voient, compris ? Je ne veux pas ! D'abord, on le pleure entre nous et après on fait venir les autres.

SIX

D'un pas décidé, Montalbano vint se placer juste contre la margelle du puits, de manière qu'il soit le premier à le voir. Un épais silence tomba, si dense qu'il pesait des tonnes. Le bruit du treuil semblait celui d'une perceuse.

Ensuite, le commissaire se pencha de tout le buste en avant, se redressa, se tourna vers ses hommes et dit :

— Ce n'est pas lui.

Puis ses jambes plièrent et, lentement, il s'agenouilla. Augello s'empressa de le retenir avant qu'il ne s'effondre en avant.

Montalbano vit confusément que quelqu'un le portait et le faisait entrer dans la voiture de patrouille. Il vit qu'on le calait sur le siège arrière. Et ce fut la dernière chose qu'il vit passque d'un coup, il s'endormit, ou s'évanouit, il ne le comprit pas bien. Gallo partit sur les chapeaux de roues.

Au bout d'il ne sut combien de temps, un brusque coup de frein l'aréveilla et le fit rouler sur le plancher de la voiture. Il jura. Et entendit la voix de Gallo qui, lui aussi, jurait :

— Putain de saloperie de chien !

À sa grande surprise, il s'aperçut qu'il se sentait reposé. Comme s'il avait dormi une nuit entière.

— Depuis quand est-ce qu'on roule ?

— Depuis une heure, *dottore*.

— Donc, on est près de Montereale ?

— Oh que oui, *dottore*.

— On a passé le bar Reale ?

— On y arrive.

— Bien. Arrête-t'y.

— Mais, *dottore*, vous avez besoin de vous reposer et…

— Arrête-toi au bar. Je me suis reposé, ne t'inquiète pas.

Il se but deux cafés, se lava soigneusement aux toilettes, remonta en voiture.

— On revient en arrière.

— Mais, *dottore*…

— Ne discute pas. Appelle Augello sur son portable et renseigne-toi pour savoir où on en est.

Après avoir parlé, Gallo fit son rapport.

— La Scientifique est encore sur les lieux mais elle est sur le point de finir, Tommaseo et le Dr Pasquano sont repartis.

— Très bien. Dis à Augello de nous attendre à l'abreuvoir.

— La Scientifique a trouvé deux douilles, fut la première chose que lui dit Mimì.

— *Unni* ? Où ça ?

— Juste à côté de la bouche du puits. On ne les voyait pas parce qu'elles s'étaient fourrées dans les débris de la pompe.

— C'est la Scientifique qui les a ?

— Oui. Mais j'ai pu les voir et les confronter avec celle que j'ai dans la poche et que j'ai trouvée près de la cale de halage. À vue de nez, ça me paraît les mêmes.

— Qui est le mort ?

— Il n'avait pas de papiers. Un trentenaire anonyme.

— Comment est-il mort ?

— En tombant.

— Qu'est-ce que ça veut dire ?

— Ce que j'ai dit. Il est mort en tombant dedans le puits. Ce truc est profond de trente mètres, imagine-toi !

— À quand remonte la mort ?

— Au grand maximum une dizaine d'heures, d'après Pasquano.

— On est sûr que, sur le *catafero*, il n'y avait pas de blessures d'arme à feu ?

— Tout à fait sûrs.

— *Non pirdemu autru tempu*, ne perdons pas plus de temps.

— Dis-nous ce qu'on doit faire.

— Mimì, j'y ai réfléchi. Attendons encore un peu avant d'avertir le Questeur. D'abord, allons donner, nous, un coup d'œil.

— Oui, d'accord. Mais tu t'es fait une idée de ce qui s'est passé ?

— Écoutez, les gars, *secunno a mia*, d'après moi, à un certain moment, Fazio a compris qu'ils allaient le jeter dans le puits, il a dû réagir avec l'énergie du désespoir. Il s'est débrouillé pour que ce soit un de ses deux ravisseurs qui se retrouve dans le puits et il s'est enfui. Mais l'autre lui a tiré dessus et l'a obligé à s'arrêter.

— Mais si ça s'est passé comme tu dis, pourquoi est-ce qu'une fois qu'il l'a eu nouvellement en son pouvoir, il ne lui a pas tiré dessus et il ne l'a pas jeté dans le puits comme il avait l'intention de faire avant ?

— Ça, c'est une bonne remarque. Le fait est qu'il ne s'y trouve pas, dans le puits. Et donc, il faut le chercher ailleurs, mais toujours dans les parages.

— Par où tu dis qu'il faut commencer ?

— Par la montagne Scibetta. Vous la voyez, cette cahute à côté du pylône de la ligne à haute tension ? Allez jusque là-bas en voiture, fouillez-la et si vous ne trouvez rien, prenez l'unique draille qu'il y a derrière et montez jusqu'au sommet. La montagne est toute pleine de grottes et d'anfractuosités. De temps en temps, appelez-le. Si ça se trouve, il ne peut plus se déplacer. Gardons le contact avec les portables.

— Bon d'accord. Et toi ?

— J'ai peut-être une idée. On s'appelle d'ici une heure.

— Où voulez-vous aller ? demanda Gallo.

— Dans le tunnel qui traverse la montagne.

— Il me semble qu'on ne peut pas y entrer. C'est fermé.

— Allons voir.

L'entrée de la galerie était fermée par une palissade de planches pourries. Les autos ne pouvaient certainement pas y entrer, mais les hommes, oui.

De fait, à main droite, deux planches avaient été enfoncées et un passage pour un homme à pied était dégagé. Manifestement, le tunnel servait d'abri nocturne à quelque vagabond, ou d'endroit sûr pour se droguer.

— Il faut qu'on entre en voiture, dit Montalbano.

— Et pourquoi ?

— Là-dedans, il fait nuit noire. On a besoin des phares.

— Je vais jeter un coup d'œil, annonça Gallo en descendant.

Le commissaire le vit s'approcher de la palissade. Puis l'agent fit un pas en arrière, leva la jambe droite et donna un puissant coup de pied dans une planche. Laquelle se troua comme du papier crépon.

— Descendez, dit Gallo au commissaire, en se remettant au volant.

Montalbano obéit. Gallo démarra, s'approcha tout doucement de la palissade et quand les pare-chocs de la voiture touchèrent le bois, il continua à avancer, augmentant progressivement la pression. En un instant, la moitié de la palissade tomba en morceaux, ouvrant un vide où pouvait passer un camion.

Montalbano rejoignit la voiture, y grimpa. Les phares éclairaient bien la galerie. Tout de suite, à main gauche, il remarqua quelque chose qui ressemblait à un homme couché. Ils aiguisèrent leur regard. C'était un tas de vêtements et de couvertures trouées.

Dérangé par la lumière, de dessous les guenilles, un chat sortit et s'enfuit.

— C'te chat, dit Montalbano, il doit être bien ici, avec tous les rats qui doivent s'y trouver.

— *Dottore*, ça, c'était pas un chat, mais un rat. Il faut faire attention si on descend, y sont capables de nous bouffer tout crus.

Ils avaient avancé d'une cinquantaine de mètres quand un coup de feu frappa en plein dans le pare-brise.

Ils se jetèrent en même temps hors de la voiture, Montalbano à droite et Gallo à gauche et restèrent aplatis à terre. Puis, au bout de quelques instants, Gallo acommença à se reculer à plat ventre, en s'appuyant sur ses coudes, passa derrière la voiture et vint se mettre à côté du commissaire.

— Vous êtes blessé ?

— Non. Et toi ?

— Moi non plus.

Ils parlaient à voix basse, leurs oreilles étaient toutes proches l'une de l'autre. Le moteur tournait, les phares étaient encore allumés et éclairaient une longue portion du tunnel. Mais on ne voyait pas âme qui vive. D'où était-il parti ce coup de feu ?

— Vous êtes armé, *dottore* ? demanda Gallo.

— Non.

— Moi, oui.

— S'il est malin, il devrait tirer et nous éteindre les phares. Pourquoi est-ce qu'il ne le fait pas ?

— Soit il ne veut pas nous laisser deviner où il est planqué, soit il n'a plus beaucoup de munitions.

— Il me semble que la bande blanche sur le mur, celle à main droite qui va en zigzag, s'interrompt à une dizaine de mètres de nous.

— Vrai, c'est. Il doit y avoir un recul du mur de la galerie, une espèce de niche.

— Alors, il est là.

— Mais qui ?

— Celui qui tient Fazio.

— Il a dû reconnaître la voiture de police.

— Qu'est-ce qu'on fait ?

— Il faut faire quelque chose sans tarder. J'ai peur qu'il lui vienne une belle pinsée.

— Et qu'est-ce qu'il peut faire ?

— Imagine qu'il sorte à découvert avec un pistolet pointé sur la tempe de Fazio, nous, on ne pourrait rien faire d'autre que nous écarter et le laisser partir, peut-être avec notre voiture !

— Alors ?

— Écoute, rentrons dans la voiture sans faire de bruit et sans fermer les portières. Puis lentement, commence à rouler en marche arrière.

— C'est bon.

— Reste baissé le plus possible, passque celui-là dès qu'il entend qu'on repart, il va se remettre à tirer.

Ils bougèrent avec beaucoup de cautèle, grimpèrent dans la voiture en s'attendant à chaque instant à ce qu'on leur tire dessus, mais il ne se passa rien. Dans le pare-brise, il y avait un pertuis bien rond et un réseau de fêlures tout autour. Mais on voyait très bien.

— Et maintenant, qu'est-ce que je dois faire ? demanda Gallo quand, toujours en marche arrière, ils furent arrivés presque à l'entrée de la galerie.

— Écoute-moi bien. Maintenant, on démarre à fond, avec la sirène et…

— Pourquoi la sirène ?

— Passque là-dedans, tu dois faire un fracas d'enfer qui l'estourbisse. Quand on sera à la hauteur de la niche, tu donnes un coup de volant et tu freines, de manière à l'éclairer avec les phares. Donne-moi le pistolet.

Gallo le lui passa. Montalbano, en s'agrippant de la main gauche sous la boîte à gants, se tint aux trois quarts au-dehors de la voiture, en gardant l'arme pointée devant lui, prêt à tirer…

— Fais attention, arrange-toi pour bien éclairer la niche. Je ne peux rien faire si je ne sais pas où s'atrouve Fazio. Je ne veux pas le blesser par erreur.

— Tranquille, *dottore*.

— Vas-y !

Gallo se surpassa. À peine arrivé à la hauteur de la niche, le capot de la voiture pivota à droite comme s'il avait voulu entrer à l'intérieur et se bloqua d'un coup. À l'intérieur de l'espace, ils entrevirent un homme qui, sous l'illumination aveuglante et le hurlement abrutissant des sirènes, tendait un bras en avant et tirait un coup au hasard, tout en se protégeant les yeux de l'avant-bras gauche. Mais il n'eut pas le temps d'en faire davantage. Montalbano, hors de la voiture avant même qu'elle ne s'arrête, lui donna un grand coup de pied dans le ventre. L'homme s'écroula à terre en se tordant de douleur et en abandonnant le pistolet. Montalbano se pencha pour le mater. Il blêmit. Ce n'était pas le geôlier de Fazio. C'était Fazio.

Il était plus qu'évident qu'il ne les avait pas areconnus et qu'il continuait à ne pas les areconnaître. La blessure à la tête n'était pas profonde, mais elle avait dû suffire pour lui faire perdre la mémoire. Tandis qu'ils le faisaient monter dans la voiture, il tenta de s'enfuir en balançant un coup de poing vers le visage de Montalbano qui, par miracle, aréussit à l'éviter.

— Menotte-le.

— Fazio ?

— Ne fais pas le con, Gallo. Tu ne vois pas qu'il ne distingue pas les amis des ennemis ? Il doit avoir beaucoup de fièvre.

— On l'emmène au 'pital ?

— Bien sûr. Et en vitesse. À celui de Fiacca.

— Pourquoi pas à Montelusa ?

— Il vaut mieux qu'ils croient que nous ne l'avons pas retrouvé. Et mieux encore qu'ils ne sachent pas dans quel 'pital il se trouve. Démarre et passe-moi ton portable.

Le premier appel fut pour Mimì. Il lui expliqua ce qui s'était passé et lui dit de rentrer à Vigàta. Le deuxième fut pour la femme de Fazio.

Mais avant de l'appeler, il se tourna vers Fazio.

— Tu veux parler à ta femme ?

L'autre parut ne pas l'avoir entendu. Il continua à fixer droit devant lui. Le commissaire appela alors l'épouse et lui raconta toute l'affaire.

— Comment va-t-il ? fut la seule chose qu'elle voulut savoir.

— Il est blessé à la tête mais ça ne me paraît pas grave. Il a perdu la mémoire. Je vous appellerai tout de suite après l'hospitalisation. Mais soyez tranquille, je vous en prie.

Ci' nni fussiro fìmmini accussì ! S'il y en avait d'autres, des femmes pareilles ! pensa-t-il en mettant fin à la communication. Pendant tout le voyage, Fazio n'ouvrit pas la bouche. Il ne regardait même pas au-dehors, il gardait les yeux fixés sur la nuque de Gallo qui fonçait comme un furieux.

Deux heures plus tard, ils s'aretrouvèrent sur la route du retour pour Marinella. D'après le médecin qui l'avait examiné, Fazio avait un trauma crânien. La blessure en soit était peu de chose. La perte de mémoire pouvait avoir été provoquée de deux manières : ou bien par le choc ou bien par quelque chose qui concernait la coucourde. Mais ils n'étaient en mesure de rin dire avant vingt-quatre heures. En tout cas, ça ne semblait pas menacer sa vie. Montalbano prévint son épouse, laquelle annonça qu'elle partait tout de suite pour Fiacca.

— Vous voulez que je vous fasse accompagner ?

— Pas besoin, merci.

La fatigue, maintenant que tout s'était enfin résolu, acommença de lui tomber dessus peu à peu, si bien que quand il arriva à Marinella, il eut à peine le temps d'ouvrir la porte de chez lui et de la refermer qu'il s'effondra à genoux comme il arrive aux chevaux quand ils n'en peuvent plus.

Dans son corps, il n'y avait pas un muscle qui ne soit *allascato*, flapi.

Il se traîna sur les genoux jusque dans la chambre, se hissa tout habillé sur le lit en s'agrippant à la couverture et s'aretrouva d'un coup plongé dans un sommeil profond, abyssal.

Il s'aréveilla le lendemain matin qu'il était 8 heures. Il avait dormi douze heures d'affilée. Il se sentait parfaitement reposé mais avec un ‘pétit à mordre le pied d’une chaise. Depuis combien de temps ne mangeait-il plus comme Dieu le veut ? Il alla au réfrigérateur, l’ouvrit, et son cœur se serra. Vide, désolé comme un désert. Pas une olive, pas une sardine, un bout de tome. Mais comment se pouvait-il qu’Adelina ne… Mais Adelina… Adel…

Et tout d’un coup, il se rappela.

Et au moment précis où il s’arappela, il adécida qu’il avait perdu la mémoire comme il était arrivé à Fazio. On dit que la lumière de la vérité fait du bien à celui qui en est frappé et lui tient chaud. Mais la lumière de la vérité qui frappa Montalbano, laquelle était représentée par le lumignon du réfrigérateur, le gela, le transforma à l’instant en bloc de glace.

Il avait complètement oublié Livia, putain de merde !

Il l’appela, en restant toujours immobile, car il était incapable de faire un pas.

— Livia !

La voix qui lui sortit fut une espèce de miaulement. Non, Livia n’était pas là, inutile de l’appeler. À grand-peine, il se décongela, retourna dans la chambre à coucher et regarda tout autour de lui. Aucune trace de Livia, comme si elle n’était jamais venue de Boccadasse. Alors, il gagna la salle à manger.

Sur la table, il y avait une lettre.

D’adieu, certainement. Et cette fois, définitif, sans possibilité de repentir. Comment lui donner tort ? Mais il n’eut pas envie de prendre tout de suite la feuille en main. Avant de se la lire, il avait besoin de se préparer, d’avoir la force nécessaire pour s’entendre dire ce qu’il méritait. Il se déshabilla complètement, jeta les vêtements sales dans le panier, prit une douche et se rasa, se prépara le café, s'en but trois tasses de suite, se rhabilla, téléphona au 'pital, aréussit à parler avec la femme de Fazio.

— Il y a du neuf ?

— On doit l'opérer, *dottore*.

— Pourquoi ?

— Il a un hématome cérébral.

— Dû à la blessure ?

— Le docteur dit qu'il a dû tomber en se cognant la tête là où était déjà la blessure.

— Et quand est-ce qu'on l'opère ?

— Je ne sais pas. En tout cas, dans la matinée.

— J'arrive.

— Écoutez, *dottore*, le chef de service, qui est une personne vraiment bien, m'a dit qu'il n'y a pas de danger pour sa vie et que l'opération n'est pas difficile. En tout cas, prenez le numéro de mon portable.

— Merci, donnez-le-moi. Mais je viens de toute façon.

Il raccrocha, prit la lettre de Livia, alla s'asseoir dans la véranda.

Cher Salvo

Après t'avoir attendu trois heures (tu te rappelles que nous nous étions mis d'accord pour aller déjeuner ensemble ?), j'étais totalement furieuse.

J'allais te téléphoner quand il m'est venu une idée : celle de venir au commissariat pour te gifler devant tout le monde. Je voulais te faire une scène horrible que tes hommes se rappelleraient longtemps.

J'ai appelé un taxi et je suis venue au commissariat. Je t'ai demandé à Catarella et il m'a répondu que tu n'étais pas au bureau. Je lui ai demandé s'il savait à quelle heure tu rentrerais, et il m'a répondu l'ignorer. Et a ajouté qu'il savait seulement que tu étais à Montelusa.

Comme je n'avais pas l'intention de te balancer des baffes, je lui ai dit que j'allais t'attendre dans ton bureau. Et c'est ce que j'ai fait.

Mais un peu après, Catarella s'est présenté.

Il a fermé la porte et, avec des manières mystérieuses, il m'a dit qu'il voulait me parler, même s'il n'était pas sûr de bien faire. Et il m'a raconté que, d'après lui, il devait être arrivé quelque chose à Fazio.

Quelque chose de sérieux, parce que tu lui as semblé très inquiet.

Alors, j'ai compris en un éclair que si tu avais complètement oublié le rendez-vous avec moi, c'était vraiment grave.

Je sais à quel point tu as de l'affection pour Fazio.

Ma colère est aussitôt retombée.

Je suis allée manger un morceau chez Enzo et puis, toujours en taxi, je suis retournée à Marinella. Vers 18 heures, j'ai téléphoné à Catarella. J'ai su qu'il n'y avait rien de neuf, que tu n'étais pas encore rentré.

Alors, j'ai pensé que ma présence ici te gênerait d'une manière ou d'une autre.

J'ai réservé un vol pour demain matin à 10 heures. J'espère vraiment que tout se termine bien.

Tant pis, ce sera pour une autre fois.

Je ne te reprocherai qu'une chose : de ne pas avoir trouvé le temps de m'appeler pour me dire ce qui se passait.

Donne-moi des nouvelles de Fazio.

Je t'embrasse fort.

Ta

LIVIA

Il aurait beaucoup mieux valu que Livia lui écrive une lettre pleine de gros mots, d'insultes, d'imprécations. Comme ça, au contraire, elle le faisait se sentir comme la merde qu'il était. À moins que Livia n'ait écrit exprès une lettre aussi compréhensive pour bien l'humilier. Passque, en admettant que sa très grande inquiétude pour Fazio lui ait fait perdre la lucidité, il était en tout cas injustifiable de ne pas lui avoir passé ne fût-ce qu'un coup de téléphone. Mais comment se pouvait-il que Livia lui soit sortie complètement de la tête ? N'était-ce pas absurde ?

— Ce n'était pas seulement absurde, observa Montalbano 2, la virité, c'est que toi, Livia, tu l'avais complètement annulée. Et donc, tu ne lui as pas tiliphoné, passque dans ta tête, tu n'avais personne à qui tiliphoner.

— Et avec cette considération, où veux-tu en venir ? demanda Montalbano 1 sur un ton polémique.

— Je ne veux en venir à rien. Je suis simplement en train de dire que Livia est présente par intermittences.

— Très bien, mais *secunno tia*, d'après toi, maintenant que Livia est extrêmement présente, qu'est-ce que je devrais faire ?

— Lui téléphoner tout de suite.

Mais Montalbano adécida de ne pas l'appeler.

À cette heure, elle serait déjà au bureau, ils seraient contraints à un échange bref et retenu. Non, il l'appellerait dans la soirée, avec tout le temps devant lui. Le mieux était de partir tout de suite pour Fiacca.

Mais avant de monter en voiture, il appela la femme de Fazio.

— Il est en salle d'opération, *dottore*. Il est inutile que vous veniez maintenant, ils ne me le font même pas voir à moi.

— Vous pouvez appeler le commissariat après l'opération et donner des nouvelles ? Je vous en serais très reconnaissant.

SEPT

Il s'en fallut de peu qu'en le voyant Catarella ne s'agenouille devant lui.

— Sainte Marie, ça fait depuis si longtemps que je ne vous visse ! Votre assence me pesa tellement tellementement ! Tout, Gallo m'araconta tout ! Ce matin, je tiliphonai au 'pital et la femme de Fazio me dit que…

— Tout va bien, Catarè. Et merci.

— Et de quoi, *dottori* ?

— D'avoir parlé à Livia.

Catarella devint rouge comme une tomate.

— *Dottori*, vous devez m'ascuser de ce que moi je pris la permission, mais elle, la demoiselle, du fait qu'en fait elle m'était apparue tellement tellementement agitée…

— Tu as bien fait. Envoie-moi le *dottor* Augello.

— Tu as d'autres nouvelles de Fazio ? fut la première question de Mimì.

— Il est sur le billard.

— Gallo m'a dit qu'il ne vous a pas reconnus.

— Il nous a même tiré dessus ! Mais tu verras qu'il va récupérer. Qu'est-ce qu'il a dit, Pasquano, du deuxième *catafero* ?

— Il n'a découvert aucune blessure d'arme blanche ou d'arme à feu. L'homme a été simplement balargué dedans le puits alors qu'il était encore vivant. D'après moi, ton hypothèse que ce soit Fazio lui-même qui l'ait fait en se défendant est la bonne.

— Il a été identifié ?

— Pas encore. Il n'avait pas de papiers. La Scientifique lui a pris les empreintes digitales. Mais, d'après moi, ils n'arriveront à rien.

— Tu penses qu'il n'est pas fiché ?

— Non, mais je lui ai vu les mains.

— Explique.

— Pendant qu'il tombait, il a dû tenter désespérément de s'agripper à n'importe quoi sans aréussir. Il n'avait plus la pointe des doigts, il se les était déchirés.

— On en saura davantage quand Fazio sera en mesure de parler. Et qu'est-ce que tu me dis de l'autre *catafero* ?

— Celui qu'on a trouvé en premier ? J'attends un coup de fil de la Scientifique.

— Et avec Pasquano, tu as parlé ?

— Et qui peut lui parler ? Si je lui parle, moi, ça risque de finir en engueulade.

— Je l'appellerai, mais vers la fin de la matinée.

— Écoute, je ne voudrais pas que tu te mettes en colère, mais…

— Je t'écoute.

— Ça serait pas le moment pour toi d'informer Bonetti-Alderighi de l'histoire de Fazio ?

— Et pourquoi ?

— Je ne voudrais qu'il l'apprenne de quelqu'un d'autre.

— Et de qui ?

— D'un journaliste, par exemple.

— Zito ne parle pas.

— Zito est hors discussion. Mais réfléchis, Salvo. Fazio a été admis au 'pital de Fiacca, sous ses nom et prénom, pour une blessure à la tête provoquée par une arme à feu. Maintenant, imagine qu'un quelconque journaliste de Fiacca…

— Vrai, c'est.

— Et puis tiens compte du fait que tu devras mettre Fazio en congé maladie. Qu'est-ce que tu vas lui raconter, au Questeur ? Qu'il a eu le typhus ?

— Vrai, c'est.

— Moi, je ne perdrais pas de temps avant de l'appeler.

— Je le fais tout de suite.

Il composa le numéro direct du Questeur et dès qu'il entendit qu'on répondait, il mit le haut-parleur.

— Montalbano, je suis. Je voudrais…

— Comment allez-vous, très cher ? Comment vous portez-vous tous en famille ?

C'était ce grandissime tracassin de *dottor* Lactes, le chef de cabinet, lequel s'était fourré dans la tête qu'il était marié et père d'une famille nombreuse.

— Tout le monde va bien, que la Madonne en soit remerciée.

— Qu'elle soit toujours remerciée ! Vous vouliez parler au Questeur ?

— Oui.

— Malheureusement, il a dû aller à Palerme et ne rentrera qu'en fin d'après-midi. Si vous pouvez toucher un mot sur…

— Je voulais aviser M. le Questeur qu'un de mes hommes a été blessé durant un échange de coups de feu et donc…

— Gravement ?

— Non.

— Que la Madone en soit remerciée !

— Qu'elle soit toujours remerciée ! Vous lui en touchez un mot vous-même ?

— Certainement ! Bien le bonjour à votre famille !

— Je transmettrai.

Mimì, qui avait écouté, le matait, complètement ahuri.

— Qu'est-ce que tu as ?

— Mais tu es marié avec des enfants ?

— Ne dis pas de conneries, Mimì.

— Et alors, pourquoi avec Lactes…

— Mimì, je t'expliquerai plus tard, d'accord ? Ou plutôt, tu sais quoi ? Vu que nous n'avons pas encore assez d'éléments pour bouger, toi, tu vas dans ton bureau et moi, je signe quelques papiers.

Deux heures plus tard, alors que son bras droit s'était ankylosé à force de signatures, il adécida qu'il était temps de tiliphoner au *dottor* Pasquano. Mais il avait déjà saisi le combiné quand il se mit à pinser que l'autre, s'il en avait plein les burnes, ce qui lui arrivait souvent, était capable de l'envoyer se faire mettre sans rien lui dire sur les *cataferi*. Le mieux était d'aller lui parler de vive voix. Mais, avant de sortir du bureau, il appela

Adelina, lui dit que Livia était partie et que donc elle avait le feu vert.

— Qui sait comment elle a laissé la maison, cette brave dame ! dit Adelina qui ne laissait rien passer à Livia.

— Et comment elle aurait dû la laisser, Adelì ? Propre !

— Ça, c'est vosseigneurie qui le dit, *che è omo e non s'adduna di nente*, parce que vous êtes un homme et que vous vous apercevez de rien ! Sens dessus dessous, elle la laisse toujours ! Vous savez où c'est qu'une fois je trouvai une paire de chaussettes de la demoiselle ? *Addiminasse* ! Demandez-moi !

— Adelì, je n'ai pas envie de jouer aux devinettes.

— Peut-être bien que je vais faire un saut cet après-midi. Vous voulez que je vous aprépare querque chose à manger ?

— Volontiers !

Dès qu'il eut raccroché, le téléphone sonna. C'était la femme de Fazio.

— Tout va bien, *dottore*. L'opération est finie et elle a réussi. Ils m'ont dit que vers 5 heures, je pourrai le voir. Mais les médecins ne veulent pas de visite. C'est mieux si vosseigneurie vient plutôt demain matin.

— D'accord. Mais si vous voulez vous reposer quelques heures, je sais pas, revenir à Vigàta, je peux envoyer…

— Il y a ma sœur avec moi, *dottore*, merci, ne vous inquiétez pas.

Ils sortirent du bureau et en passant devant Catarella, il lui annonça :

— La femme de Fazio vient juste de me tiliphoner. L'opération a parfaitement réussi. Dis-le à tout le monde.

En se garant devant l'Institut, il vit le Dr Pasquano qui se tenait à côté de la grande porte et fumait une cigarette.

— Bonjour, docteur.

— C'est vous qui le dites.

Toujours cordial, le Dr Pasquano ! Mais il devait être à moitié furieux, s'il ne l'avait pas encore insulté.

— Je ne savais pas que vous aviez ce vice, dit le commissaire.

Comme ça, histoire de parler.

— À quel vice faites-vous allusion ?

— À celui de fumer.

— Celui-là, je ne l'ai pas.

— Mais vous êtes en train de fumer !

— Montalbà, vous raisonnez comme le flic que vous êtes.

— Et comment je raisonne ?

— Vous chopez un homme dans un acte unique et en fait, cet homme n'est pas toujours tout entier dans cet acte…

— Docteur, qu'est-ce que vous faites ? Vous me citez Pirandello de travers ? Vous savez quoi ?

— Je vous écoute.

— J'en ai strictement rien à cirer de savoir si vous avez le vice ou pas.

— Comme ça, vous me plaisez. Même si vous êtes venu me casser les burnes et me gâter le plaisir de l'unique cigarette que je me fume par jour.

— Même une seule cigarette, c'est du vice, d'après les Américains.

— Allez vous faire mettre, vous et les Américains.

— Ne vous faites entendre de personne d'autre, sinon le président Bush vous fait tout de suite bombarder. Qu'est-ce que vous avez de neuf ?

— Moi ?! Qu'est-ce que vous voulez que j'aie de neuf ?! Les façons de mourir de mort violente, je crois les avoir toutes vues, désormais. Pour compléter ma collection, il ne me manque plus qu'une image : mort sous le napalm.

— Moi, je voulais savoir quelque chose sur les deux morts atrouvés dans les puits.

— Et ça, je l'avais très bien acompris moi tout seul. Je ne m'étais pas nourri de l'illusion que vous étiez venu me voir pour savoir comment allait ma santé.

— Je me rattrape tout de suite : comment va la santé ?

— Pour le moment je ne peux pas me plaindre. Merci de votre courtois intérêt. Par où on commence ?

— Par le deuxième, le mort le plus jeune.

— Le plus frais, vous dites ? Mais lui, il a été tué parce qu'on l'a jeté bien vivant dans le puits.

— Il avait des signes de lutte ?

— Vous voyez que la vieillesse vous rend gaga ? Un type tombe sur trente mètres en rebondissant d'une paroi à l'autre d'un puits et vous venez me demander si… Mais allez ! Vous voulez un conseil ?

— Si vous le jugez indispensable.

— Arrivé à votre âge, pourquoi est-ce que vous ne démissionnez pas ? Vous ne le comprenez pas que vous n'y arrivez plus, ni avec la tête du haut, ni avec celle du bas ?

— C'est sûr, docteur, vous êtes un petit peu lourdingue.

— Médecin, je suis. Et les médecins doivent toujours dire la vérité.

— Et vous la dites toujours, même quand vous bluffez au poker ?

— Quand je joue au poker, je ne suis pas un médecin, je suis un joueur de poker. Mais vous, ce mort, vous ne l'avez pas vu ?

— Non, docteur, j'ai dû m'en aller un peu avant qu'on ne le tire du puits.

C'était une demi-calembredaine et une demi-virité. Visiblement, Augello ne lui avait pas raconté que le commissaire s'était évanoui, passque sinon, tu parles que Pasquano le lui aurait dit !

— Un trentenaire de bonne et robuste constitution, bon pour être enrôlé en *'nfernu*, en enfer. Il aurait vécu cent ans, sauf fusillades et autres incidents.

— Et l'autre ?

— L'autre… Si on allait dans mon bureau ?

Ils entrèrent dedans, gagnèrent la pièce de Pasquano, le docteur lui dit de s'asseoir.

— Depuis combien de temps était-il dans le puits ? attaqua le commissaire.

— Depuis une semaine au moins. Et ç'a accéléré le processus de décomposition. Ils ont dû le jeter peu après l'avoir tué. Mais je dois aussi vous dire, attention, c'est juste mon opinion, qu'ils ont mis un peu de temps avant de le finir. Disons, une bonne demi-journée.

— Ils l'ont torturé ?

— Ben… je ne sais pas… mais…

— Docteur, quand vous étiez jeunot, vous étiez beaucoup plus précis. Maintenant vous avez même la voix tremblotante. Vous le voulez, un conseil ?

Pourquoi vous vous retirez pas dans une vie privée à jouer du matin au soir au poker ? Je veux vous aider, vu que vous me faites beaucoup de peine. Je vous assure que quoi que vous me diriez, même une couillonnade de première grandeur, je ne le rapporterais à personne.

Pasquano éclata de rire.

— Vous ne laissez rien passer, hein ? Bon, d'accord. Considérez que, ce que je vous dis, je ne l'écrirai pas dans le rapport. D'après moi, pour commencer, ils lui ont tiré dans un pied.

— Lequel ?

— Quelle importance ? Le pied gauche.

— À l'évidence, ils voulaient savoir quelque chose.

— Peut-être. Ils l'ont laissé comme ça quelques heures, puis ils l'ont travaillé au couteau, il avait des coupures à l'arme blanche partout, et ensuite, ils l'ont tué de cinq coups de feu, trois au thorax et deux en plein visage.

— Impossible à reconnaître, donc.

— Vos commentaires à la con me rendent dingue ! Mais vous ne voyez pas, vous aussi, dans quel état pitoyable vous êtes ?

— Vous avez réussi à comprendre s'il était habillé quand…

— Il était déjà nu, il n'a pas été déshabillé après.

— Quand ils lui ont tiré dans le pied, celui-ci était nu ?

— Question étonnamment intelligente, venant de vous. Oui, le pied était nu. Ils l'ont surpris dans son sommeil pendant qu'il dormait nu. Et après l'avoir tué, ils l'ont enveloppé dans une couverture qui se trouvait à portée de main.

Montalbano garda le silence.

— Puis-je savoir à quoi est en train, péniblement, de pinser votre pauvre coucourde ?

— Que pour faire parler un type de ce genre on ne lui tire pas dans le pied. On lui brûle une main, on lui arrache un œil… Les entailles au couteau, ça peut aller, mais le coup de feu dans le pied…

— Ils étaient très soignés.

— Quoi ?

— Les pieds.

— Il allait souvent chez le pédicure ?

— Je pense que oui.

— Vous avez noté autre chose ?

— Il a été très bien opéré, mais il y a de nombreuses années, à la jambe droite.

— Qu'est-ce qu'il avait ?

— Il s'était rompu un ligament.

— Donc, il boitait ?

— Ce n'est pas dit.

— Vous avez autre chose à me dire ?

— Oui.

— Dites-le-moi.

— Lâchez-moi la grappe.

Comme il sortait de Vigàta, il s'aperçut qu'il roulait à cent à l'heure, vitesse qui n'était pas du tout son genre. Il ralentit, comprenant que, ce qui lui avait fait appuyer sur la pédale, c'était la grande faim qui lui était venue à peine sorti de la morgue. Il entra dedans la trattoria si vite qu'Enzo, en le voyant arriver sur les chapeaux de roues, lui demanda :

— Il arriva quelque chose ?

— Rin, rin.

Il s'assit à sa table habituelle.

— Qu'est-ce que je peux vous servir ?

— Tout.

Il s'empiffra d'une manière honteuse, heureusement qu'il n'y avait pas encore d'autres clients, à l'exception d'un type qui ne leva pas ses yeux du journal qu'il tenait devant lui, calé contre une bouteille.

À la fin, Enzo le félicita :

— À votre santé, *dottore* !

— Merci.

— Vous voulez un digestif ?

— Non.

Dans son estomac, même une goutte d'eau n'aurait pas pu entrer. S'il se prenait un digestif, il risquait d'exploser comme le gros des films des Monty Python.

Quand il monta en voiture, l'habitacle lui parut carrément rétréci. Sa promenade sur le môle jusqu'au phare, il la fit à petits pas, soit parce qu'il n'arrivait pas à marcher plus vite, soit parce qu'il voulait la faire durer. Arrivé au rocher plat, il s'y assit. Mais malgré la longue nuit de sommeil, il fut pris d'une forte somnolence. Visiblement, il avait encore du sommeil en retard. Il revint en arrière, monta en voiture, partit pour Marinella pour passer deux heures au lit.

Il se représenta au commissariat qu'il était presque cinq heures.

— Ah, *dottori, dottori* ! Si étant donné que la Scientifique envoya la photoraphie scintifque de l'un des deux qui s'étant trouvé décédé au fond du puits, je fis des recherches sur les pirsonnes de sur lequelles avait été signalée la disparition.

— Eh beh ?

— Rin, *dottori*, il n'est rien sorti.

— Et sur l'autre mort, ils ne t'ont rien dit ?

— Rin, *dottori*.

— Regarde si parmi les signalements de la semaine dernière il y a celui d'un sexagénaire qui a subi une opération à la jambe droite.

— Tout de suitement, *dottori*.

— En attendant, envoie-moi Fazio.

Catarella le mata d'un air ébahi.

— Excuse-moi, je voulais dire Galluzzo.

La force de l'habitude était telle que… tout à coup, il éprouva une pointe de mélancolie.

— À vos ordres, *dottore*.

— Gallù, tu devrais contrôler combien il y a de boutiques, non, d'instituts, en somme, de pédicures à Vigàta et à Montelusa. Tu devrais aussi te renseigner pour savoir s'il y a quelques pédicures qui exercent à domicile.

— Oui, monsieur. Et après ?

— Ensuite, tu te les fais un par un et tu demandes si parmi les clients ils avaient un sexagénaire qui peut-être boitait légèrement.

— Vous ne pouvez pas me le décrire mieux ?

— Tu saurais mieux le décrire, toi, le premier *catafero* sorti du puits ?

Galluzzo venait juste de sortir quand le tiliphone sonna.

— Aucun apparitionnement de sexagénaires opérés, *dottori*, dit Catarella.

Donc, nuit noire. On n'apercevrait pas un filet de lumière jusqu'à ce que Fazio soit en état de raconter ce qui lui était arrivé. La situation le rendait nerveux, comme devaient se sentir les capitaines de voilier d'antan, quand le vent tombait et que le bateau s'engluait dans la bonace. Il lui revint à l'esprit un vieux commandement de la marine bourbonienne qui était diffusé quand, après des journées de bonace, il fallait faire bouger l'équipage pour lui éviter l'ennui : « Au commandement, on se bouge/ceux de la proue passent à la poupe/ceux de la poupe passent à la proue/ceux d'en haut descendent/ceux d'en bas montent. » Un grand mouvement qui ne servait à rin, hormis de bouger à vide. Tout au fond, ce vieux commandement bourbonien était une métaphore de la bureaucratie. Des allées et venues de lettres et de documents qui bougeaient à vide. Il adécida de contribuer au mouvement. Et il se mit à signer les papiers qu'il avait encore sur son bureau. Se pouvait-il que ça ne finisse jamais ? Il fut pris du soupçon qu'il pouvait s'agir d'un cas de reproduction autonome, comme certaines cellules, en se cassant, se scindaient en deux. En fait, certaines lettres étaient parfaitement semblables, il n'y avait que la date et le numéro de procédure qui changeaient.

Mme Fazio tiliphona vers six heures.

— Ils me l'ont fait voir ! Il m'a reconnue tout de suite. Mais la première chose qu'il a dite est qu'il voulait voir le *dottore*. Alors, je lui ai appelé le docteur, il est venu et mon mari s'est mis en colère. C'est vosseigneurie qu'il voulait !

— Vous le lui avez dit que demain matin je viens le voir ?

— Oh que oui.

Entre une chose et une autre, il fut huit heures. Il décida que le moment était venu de s'en aller. Il n'avait pas vraiment de ‘pétit, vu qu'à midi, il avait avalé quasiment un quintal de bouffe, mais il en avait marre d'être au bureau.

Il passa devant Catarella, le salua et il allait remonter en voiture quand du coin de l'œil, il le vit sortir comme une *furgarone*, une fusée et se diriger en courant vers lui.

— Qu'est-ce qui se passe ?

— Ah, *dottori, dottori !* Le Monsieur le Questeur, au tiliphone, il est. Sainte Marie, *dottori*, quelle voix, qu'il a le monsieur le Questeur !

— Et quelle voix il a ?

— Un lion forestier, on dirait !

HUIT

En jurant, il retourna dans son bureau, et à peine eut-il prononcé « allô » qu'il fut assailli par le Questeur, furieux.

— Vous avez complètement perdu la boule ! Une histoire de dingue ! Nous sommes dans un asile de fous !

— Mais ils n'ont pas été supprimés ?

Ça lui avait échappé, par chance le monsieur le Questeur ne l'entendit même pas.

— Il y a un échange de coups de feu, un des nôtres est blessé, grâce à Dieu, pas gravement, vous vous en tirez en passant un petit coup de fil à Lactes ! Un truc de dingue !

— Et à qui aurais-je dû téléphoner, si vous n'étiez pas là ?

— D'accord, mais vous auriez dû au moins laisser un rapport détaillé sur ma table ! Venez immédiatement, je vous attends.

Il ne pouvait pas y aller, vu que si l'autre lui demandait comment et pourquoi Fazio avait été blessé, putain, il ne saurait pas quoi répondre.

— À l'instant, je ne peux pas, M. le Questeur.

— Écoutez, Montalbano, je vous ordonne…

— On vient juste de m'appeler de l'hôpital pour me dire que Fazio, mon homme, a repris connaissance et qu'il veut me voir…

— Alors, venez me voir juste après l'avoir vu.

— Mais l'hôpital est à Fiacca !

— Tiens donc ! Fiacca, territorialement, n'est pas de votre ressort ! Pourquoi vous l'avez fait hospitaliser là ?

— Parce que nous avons retrouvé Fazio dans les environs et…

— Comment ça, retrouvé ? Qu'est-ce que ça veut dire ?

— Monsieur le Questeur, c'est une longue histoire.

— Alors, venez me la raconter demain matin à 9 heures précises.

Bouh, quel tracassin ! Il fallait trouver une calembredaine quelconque à raconter.

— Je suis désolé, M. le Questeur, à 9 heures, je ne peux pas.

— Vous plaisantez, je suppose ?

Montalbano baissa la voix et parla d'un air de conspirateur :

— Il s'agit d'une question très privée que je ne voudrais pas…

— Renvoyez-la !

— Je ne peux pas, M. le Questeur, croyez-moi ! Imaginez-vous que le Dr Gruntz vient tout exprès de Zurich !

— Mais qui est ce docteur ?

— Le meilleur spécialiste en la matière.

— Quelle matière ?

Et c'était là la difficulté. Dans quelle matière pouvait exceller un Suisse qui s'appelait Gruntz ? Mieux valait survoler. Enfumer encore davantage. Ne pas arépondre à la question.

— À 9 h 30, il vient me faire chez moi le double scrocson, dont l'effet, comme vous devez certainement le savoir, dure de trois à cinq heures. Et donc, je devrai rester étendu et immobile sur le lit. Je pourrai certainement venir vous voir en début d'après-midi, demain.

— Pardon, qu'est-ce que vous avez dit que vient vous faire le Dr Gruntz ? demanda le Questeur, un peu impressionné.

— Le double scrocson.

— Et à quoi ça sert ?

À quoi pouvait servir un truc avec un nom aussi impressionnant ? Montalbano balança la première connerie qui lui passa par la tête.

— Mais comment, vous ne le savez pas ? C'est l'adaptation occidentale d'une pratique utilisée par les gourous indiens. Il s'agit d'un tube de plastique qu'on enfile dans l'anus et, habilement et longuement manœuvré, il fait sortir…

— Ça suffit comme ça, je vous prie. Je vous attends demain à 16 heures, l'interrompit Bonetti-Alderighi, manifestement dégoûté.

Quand il rentra à Marinella, il ne restait qu'une bande rougeâtre qui affleurait sur la mer. Le ressac était un halètement léger. Pas un oiseau en vue. Le coup de fil au Questeur avait réveillé le 'pétit qu'il n'avait pas avant. Peut-être s'agissait-il d'une forme de compensation. Un jour, il avait lu que dans l'Antiquité, après le passage de la peste, les gens bouffaient et baisaient énormément. Mais pouvaient comparer Bonetti-Alderighi au passage de la peste ? Il convint mentalement que la peste non, mais une forme de choléra, oui. Quand il ouvrit le réfrigérateur, il eut l'impression de se retrouver devant la légendaire *trovatura*, le prodigieux trésor qu'on disait caché par les brigands. Adelina lui avait préparé un empilement de plats. Aubergines à la parmesane, pâtes à la saucisse, caponata, boulettes d'aubergine, caciocavallo de Raguse et olives noires. Visiblement, au marché, il n'y avait pas de poisson frais. Il mit le couvert sur la table de la véranda et tandis que les aubergines et les pâtes se réchauffaient, il se but deux verres de blanc glacé à la santé de Fazio. Quand il se leva pour téléphoner à Livia, il s'était passé trois bonnes heures depuis qu'il s'était assis.

Il dormit mal.

Au moment de partir pour Fiacca, à 8 h 30, il réfléchit qu'avec sa vitesse de croisière, comme disait Livia pour se ficher de lui, il risquait d'arriver au 'pital que Fazio avait déjà été renvoyé chez lui. Alors, il téléphona au commissariat.

— Qu'est-ce qui fut, *dottori*, hein ? Qu'est-ce qui se passa, eh ? demanda Catarella, tout de suite alarmé.

— Rin, il se passa, Catarè, calme-toi. Tu dois dire à Gallo de passer me prendre à Marinella pour m'accompagner à Fiacca.

— Tout de suitement, *dottori* !

Mais la vérité était qu'il ne se sentait pas de conduire, il était trop nerveux, la curiosité de savoir ce que Fazio allait lui dire le dévorait tout cru. Elle l'avait prise au moment où il s'était couché et ne l'avait plus lâché, au point qu'il avait pratiquement passé la nuit à faire hypothèses et conjectures, toutes sans le moindre fondement.

Une dizaine de minutes plus tard, il entendit les sirènes de la voiture de service qui s'approchait à très grande vitesse. Qu'est-ce que vous croyez, Gallo n'allait pas rater l'occasion de foncer sirènes hurlantes !

Il l'observait bien, Gallo, quand il était assis à ses côtés, toutes les fois où ils devaient, par force, foncer quelque part : il conduisait sans à-coups, détendu, il faisait ça très bien et y prenait visiblement beaucoup de plaisir. Par moments, comme s'il s'abandonnait, il se mettait à chantonner tout bas sans prononcer les mots une chansonnette de minots, *La beddra Betta/cu 'na quasetta...* – la belle Betta/avec une chaussette... Et alors, il avait d'un coup acompris qu'au volant d'une voiture lancée à une vitesse folle, Gallo perdait en route au minimum une trentaine d'années et redevenait petiot.

— Toi, quand tu étais petit, tu avais une voiture à pédales ? lui demanda-t-il tandis qu'ils roulaient vers Fiacca.

Gallo le fixa, ébahi.

— Pourquoi vous me demandez ça ?

— Comme ça, histoire de parler.

— Oh que non, je n'en ai jamais eu. J'en avais tout le temps envie mais mon père ne put pas me l'acheter passqu'il n'avait pas assez de sous.

Peut-être était-ce pour ça que... Et tout de suite, il eut honte de la pinsée qui lui venait. À savoir que la passion de Gallo pour la vitesse en voiture était une compensation pour ce qui lui avait manqué, petiot. Un truc de films 'méricains, quand on t'explique qu'un type est devenu violeur passque, quand il était minot, son père avait abusé de lui.

Quand il était plus jeune, des pinsées pareilles ne lui seraient même pas passées par l'antichambre de la coucourde. Manifestement, avec la vieillesse, même la coucourde se relâchait, comme les muscles, la peau… Son regard tomba sur le compteur : 170.

— Tu ne crois pas que tu vas un peu vite ?

— Vous voulez que je ralentisse ?

Il était sur le point de répondre « oui », mais il voulait arriver à parler avec Fazio aussi vite que possible.

— Non, mais fais attention que je ne veux pas finir couvert de bandages dans le lit voisin de celui de Fazio.

Au 'pital, le commissaire avait pour habitude de se perdre. Et dire qu'il faisait de son mieux pour échapper à ce tracassin. Il s'informait soigneusement à l'entrée sur l'ascenseur qu'il devait prendre, à quel étage descendre, vers quel service aller… Il n'y avait pas moyen, dans le bref trajet entre le comptoir des renseignements et la zone ascenseurs, il oubliait tout. Et donc, une fois entré dans l'ascenseur A, au lieu de l'ascenseur B, il allait inévitablement finir dans le service de neurochirurgie quand il devait aller dans celui de traumatologie. Et à partir de là commençait un véritable chemin de croix pour atrouver le bon service : il se trompait de couloir, ouvrait des portes en surprenant des patients cul nul et se faisait traiter de tous les noms…

Et cette fois encore, la tradition fut maintenue. En somme, après une demi-heure qu'il tournait, perdu et suant, une infirmière trentenaire, grande, blonde, l'œil pers, la cuisse longue – on aurait dit une de ces femmes qu'on voit dans les films où on raconte des histoires d'hôpitaux –, en le rencontrant pour la deuxième fois avec un air toujours plus malheureux d'orphelin du Burundi, eut pitié et lui demanda :

— Vous cherchez quelqu'un ?

— Oui.

— Si vous me dites où vous voulez aller, je vous accompagne.

Mentalement, Montalbano lui souhaita que le petit Jésus, après lui avoir fait remporter le titre mondial de Miss Infirmière, lui ouvre, quand elle mourrait, les portes du paradis. L'infirmière le laissa devant la porte fermée de la chambre de Fazio.

Il frappa discrètement, mais personne n'arépondit. Agité comme il l'était, il commença à avoir des sueurs froides. Se pouvait-il qu'on l'ait changé de chambre ?

Et maintenant, comment faisait-il pour savoir où on l'avait transporté ? Peut-être que le mieux était quand même de regarder si la chambre était vide. Il tendit lentement la main vers la poignée, comme un voleur qui ne veut pas faire de bruit, quand la porte fut ouverte de l'intérieur et apparut la femme de Fazio.

— Parlons dehors, lui murmura-t-elle en refermant derrière elle.

— Qu'est-ce qu'il y a ? demanda Montalbano, inquiet.

L'épouse avait sous les yeux des poches comme des calamars, et le commissaire eut l'impression que, dans ses cheveux, il y avait plus de filets blancs que depuis la dernière fois qu'il l'avait vue.

— Je voulais vous dire que mon mari n'a pas bien dormi cette nuit. Il avait des cauchemars. Le professeur a dit que vous ne devez pas parler avec lui plus de cinq minutes. Excusez-moi, *dottore*, mais…

— Je comprends parfaitement, madame. Ne vous inquiétez pas, je ne le fatiguerai pas, je vous promets.

À ce point, se matérialisa à côté de la femme de Fazio une infirmière naine qui, sans dire bonjour, le mata d'un air mauvais avant de mater sa montre.

— Vous avez exactement cinq minutes à partir de maintenant.

C'était quoi, ça ? Une étape contre la montre ?

L'épouse lui ouvrit la porte et, lentement, la lui ferma derrière lui. Elle avait acompris que le commissaire voulait parler seul à seul avec Fazio. Quelle femme magnifique !

Fazio dormait ou gardait les yeux fermés. De dessous le drap ne pointait que la tête qui semblait celle d'un pilote d'aéroplane du début du XXᵉ siècle, quand ils portaient une espèce de coiffe qui couvrait aussi le cou et les oreilles, laissant le visage à découvert, la seule différence étant que celle-ci était faite de gaze.

Montalbano eut l'impression que la partie visible entre les pommettes et la bouche était adevenue comme si la peau reposait directement sur les os, sans plus de chair entre les deux. Peut-être était-ce l'effet du pansement. À côté de la tête du lit, il y avait un siège de métal et Montalbano s'y assit précautionneusement. Et maintenant, que faire ? Il l'aréveillait ou il le laissait dormir ? La curiosité était forte mais l'affection pour Fazio fut la plus forte. Même si l'enquête perdait une journée, personne ne viendrait se plaindre. Et ce fut à cet instant précis de ses réflexions que Fazio ouvrit l'œil, le fixa et l'areconnut.

— *Dottore*..., fit-il d'une voix lointaine et fatiguée mais qui, au fond, avait une nuance de contentement.

— Salut, dit Montalbano, ému.

Et il prit, entre les siennes, la main que Fazio avait lentement sortie de sous le drap. Ils restèrent ainsi quelques instants sans rien dire, chacun savourant la chaleur de l'autre. Puis Fazio parla.

— Je m'arappelle encore pas bien.

— Raconte-moi tout ce qui te revient en mémoire. *Non c'é primura*, rien de presse.

Mais Fazio ne voulait pas se rendre.

— Un type que j'aconnaissais se mit à me tiliphoner... Dans sa jeunesse, il faisait *'u ballarino*, danseur... On avait été ensemble à l'école lémentaire...

— Comment il s'appelait ?

— *Un mi l'arricordo*, je m'en souviens pas...

Montalbano eut une illumination, il hésita une seconde puis lança un nom à l'aveugle :

— Manzella ?

Le commissaire vit distinctement le sursaut de surprise de Fazio.

— Oh que oui ! Lui ! Qu'est-ce que vosseigneurie est fort !

— Et qu'est-ce qu'il voulait *da tia*, de toi ?

Fazio referma les yeux. Et ce fut comme un signal, passque la porte s'ouvrit et la naine surgit.

— Entretien terminé.

Même à Sing-Sing, les gardiens ne devaient pas être aussi rigoureux et emmerdants.

— Vous êtes sûre que votre montre marche bien ?

— À la seconde près. Dehors !

Il se leva et marcha lentement, exprès pour la faire enrager. Quand il fut à sa hauteur, il demanda :

— Je peux revenir quand ?

— Les visites sont autorisées chaque après-midi de 16 à 17 heures.

— Et combien de temps m'accordez-vous ?

— Cinq autres minutes.

— On peut pousser à dix ?

— Sept.

À la bonne heure, toujours mieux que rien.

Dans le couloir, appuyée au mur, il y avait l'épouse de Fazio.

— Mais vous ne pouvez pas vous faire mettre une chaise dehors ?

— C'est interdit. Mais maintenant, je rentre. Vous avez parlé ?

— Oui. Très peu. Il m'a paru très faible.

— Les médecins disent qu'il n'y a pas de quoi s'inquiéter. Qu'il va aller mieux d'heure en heure. Quand revenez-vous ?

— Cet après-midi à 4 heures.

Au bout du couloir, il pouvait aller à droite et à gauche. Il s'arrêta, dubitatif. Quel chemin avait-il suivi en venant ? Il lui sembla s'arappeler qu'il était arrivé par la gauche. Il prit ce couloir qui ne finissait jamais et qui avait toutes les portes fermées et au milieu, constata qu'il y avait un ascenseur. Le prendre ou ne pas le prendre ? Il devait forcément le prendre, étant donné que l'architecte qui avait construit le 'pital avait évidemment oublié d'y mettre des escaliers. Les portes se rouvrirent, il entra et aussitôt s'aperçut qu'il n'y avait pas d'inscription indiquant le rez-de-chaussée. Il y avait seulement trois numéros : 4, 5 et 6. Ce devait être un ascenseur de service qui n'allait qu'à ces trois étages-là. Cependant, la porte s'était refermée et il pressa le bouton du 5. Il éprouva un certain découragement à la pinsée de ce qu'il allait devoir ramer avant d'aréussir à trouver la sortie. L'ascenseur s'arrêta, la porte s'ouvrit et il se retrouva devant l'infirmière qui l'avait accompagné jusqu'à la chambre de Fazio. Elle dut comprendre au vol que Montalbano s'était nouvellement perdu et le commissaire se retint à grand-peine de l'embrasser.

— À moi, vous pouvez vous confier : vous êtes mon ange gardien ? lui demanda-t-il en sortant de l'ascenseur.

— Sûrement pas, mais du moins, je peux en faire fonction.

— Vous m'accompagnez jusqu'à la sortie ?

— Je peux au maximum vous accompagner jusqu'au bon ascenseur.

— Merci. Pardon, mais comment vous appelez-vous ?

— Angela.

— Vous voyez que je ne me trompais pas ?

— Et vous ?

— Salvo. Salvo Montalbano. Je suis commissaire de policc.

La petiote éclata de rire.

— On est bien partis !

— Pourquoi ?

— Un commissaire qui se perd dans un hôpital !

— Ça m'arrive tout le temps. Écoutez, Angela, je dois revenir cet après-midi à 4 heures. Vous serez encore là ?

— Oui.
— Vous pourriez me rendre un service ?
— Dites toujours.
— Vous pourriez être à l'entrée ?
— C'est quoi, ça, un rendez-vous ?
— Non, une demande d'aide désespérée.
Angela éclata encore de rire, ne dit ni oui ni non.

— Comment va Fazio ? demanda Gallo quand le commissaire entra dans la voiture.

— Il est assez faible, mais en compensation, il va bien. On revient aujourd'hui à quatre heures, donc tiens-toi prêt au commissariat pour deux heures et demie. Et attention : maintenant, ne fonce pas.

— Comment ça ? À l'aller oui, au retour non ?

— Gallo, ne discute pas. Ça me plaît comme ça et ça suffit. Plutôt, appelle Catarella et dis-lui qu'il dise à tout le monde que je suis allé voir Fazio et qu'il va bien. Comme ça, au bureau, personne ne viendra me casser les burnes à me demander des nouvelles.

— *Dottore*, la situation est la suivante, dit Galluzzo en s'asseyant et en tirant une feuille de sa poche. À Vigàta, il y a deux boutiques de pédicure et un podologue qui…

— C'est pas la même chose ?

— Oh que non, *dottore*. La « Boutique du Pied », qui est un des deux magasins qu'on a ici, a un client sexagénaire dont j'ai écrit sur cette feuille les nom, prénom et adresse. L'autre, qui s'appelle « Un Pied Au Paradis », n'a pas de clients hommes.

— Et le podologue ?

— Lui, au contraire, il a quatre clients hommes sexagénaires dont j'ai pris aussi les noms et adresses.

— À Montelusa, tu y es allé ?

— À hier, je perdis beaucoup de temps à attendre le podologue qui était sorti faire ses petites affaires. J'y vais maintenant.

— Envoie-moi le *dottor* Augello et laisse-moi la feuille.

Feuille qu'il tendit à Mimì quand il s'apprésenta. L'autre la prit en main mais sans la regarder.

— Tu as parlé avec Fazio ?

— Oui.

— Qu'est-ce qu'il t'a dit ?

— À peu près rien. Qu'un certain Manzella, un ex-danseur, copain de l'école primaire, s'était mis en contact avec lui.

— Et qu'est-ce qu'il voulait ?

— Il n'a pas réussi à me le dire. Il était trop faible. On nous a interrompus. J'y retourne aujourd'hui à quatre heures.

Mimì s'adécida à regarder la feuille.

— Moi, je te conseillerais la Boutique, j'y suis allé quelques fois, dit-il.

— Mimì, je ne t'ademande pas conseil sur un pédicure. Tu vois ce nom, à côté de la Boutique et les quatre autres à côté du podologue ? Bien, ces cinq clients, tu dois tous aller les voir.

Augello lui jeta un regard interloqué.

— Et pourquoi ?

— Passque Pasquano m'a dit que le premier *catafero* qu'ils ont sorti avait les pieds très soignés.

— Peut-être qu'il se les soignait lui-même.

— Et peut-être que non. Si tous les cinq sont là, tant mieux pour eux et tant pis pour nous. Mais s'il en manque un depuis une semaine, alors, il faut acommencer à enquêter sur lui pour savoir qui il était et ce qu'il faisait. C'est clair ?

— Très clair.

— Tous mes vœux.

Maintenant venait le plus difficile. Il se repassa dans la tête ce qu'il avait l'intention de dire ; une phrase, oui, la plus importante, il la prononça à haute voix pour entendre comme elle résonnait. Quand il se sentit bien prêt comme il fallait, il tendit une main, prit le combiné et appela le monsieur le Questeur.

NEUF

Il parla dans un filet de voix tremblante, qui d'après lui devait ressembler à celle d'un homme à l'article de la mort.

— Montalbano, je suis.

— Qu'est-ce qu'il y a ?

Il fit entendre un soupir profond et puis comme deux toussotements légers.

— Je suis très m…

Autre toussotement.

— Excusez-moi, j'ai des régurgitations.

— Montalbano, en somme !

— Excusez-moi, mais le Dr Gruntz m'a appliqué le super-strocson. Je n'ai pas pu l'éviter. Moi, je l'ai supplié de différer, mais lui, au lieu du double, le super ! Vous comprenez ? Il dit que j'en avais un besoin urgent.

— Et qu'est-ce que ça veut dire ?

— Ça signifie que l'effet du super est le double du double, donc jusqu'à ce soir.

— Je n'y comprends rien.

— Je suis dans l'impossibilité de bouger.

— Vous êtes en train de me dire que cet après-midi vous ne pourrez pas venir ?

— Je suis désolé, mais...

— Écoutez, Montalbano, ou vous venez par vos propres moyens, ou je vous envoie chercher en ambulance !

— Monsieur le Questeur... il ne s'agit pas d'ambulance, mais d'autonomie personnelle, je me fais comprendre ?

— Non.

— Je ne peux pas m'éloigner des lieux d'aisance...

Mais pourquoi quand il racontait des calembredaines, il lui venait à l'esprit des expressions recherchées comme celle-là ?

— ... pendant plus de cinq minutes. Le superscrocson est épouvantable, je ne trouve pas d'autre qualificatif. Imaginez que j'ai restitué un bouton que j'avais avalé en 2001 ! Et pas seulement le bouton, mais aussi...

— Bon, d'accord, je vous attends demain matin à 9 heures, dit le Questeur, auquel venait manifestement l'envie de vomir.

Mais comment était-il possible que le Questeur avale une couillonnade de trois sous ? Peut-être parce qu'il le tenait pour un homme sérieux, peut-être un peu cassepieds, mais certainement pas capable de choses pareilles. Il devait en être vexé ou s'en glorifier ? Il laissa la question en suspens et alla manger.

Il entra dans la trattoria avec un certain 'pétit. Augmenté du fait qu'il s'était libéré, même si c'était momentanément, de la visite au Questeur.

— Juste à l'instant, le Questeur vient de me faire téléphoner, dit Enzo avec un air complice.

— Il me cherchait ? demanda Montalbano, abasourdi et furieux.

Et donc, le Questeur n'avait pas cru qu'il était chez lui, sous l'effet du super-scrocson ! Mais Enzo, heureusement, répondit par la négative.

— Oh que non. Il vient manger ici. Il a des amis qui lui sont arrivés, qui veulent manger du poisson frais. Il a réservé pour six personnes.

— Et quand est-ce qu'il vient ?

— Dans une demi-heure.

Montalbano jura et bondit sur ses pieds comme s'il avait trouvé une vipère sur la chaise. Imaginez que le Questeur le surprenne à se remplir la panse de rougets et de merlus ! Il ne se contenterait pas de lancer une enquête sur lui, il le ferait chasser de la police ! Et peut-être même qu'il lui ferait subir vraiment une espèce de super-strocson !

Il prit une décision aussi subite qu'obligée.

— Je m'en vais.

— Et où est-ce que vous allez manger ?

— Écoutez, Enzo, je préfère rester à jeun que de voir le Questeur.

— *Dottore*, moi, je vous mets dans la petite salle et j'y laisse rentrer personne !

— Mais quand j'ai fini, comment je fais pour sortir ?

— Ne vous inquiétez pas, je m'occupe de tout, il y a la porte de derrière.

Il avait à peine fini les pâtes aux palourdes que la porte du salon s'ouvrit et que la tête d'Enzo apparut.

— Il arriva, dit-il.

Et il disparut pour réapparaître peu de temps après avec les rougets. Le commissaire se les mangea avec plus de plaisir encore que d'habitude, justement parce qu'il s'en délectait à deux pas de Monsieur le Questeur qui le croyait couché en train de caguer tripes et boyaux.

À deux heures et demie précises, il partit pour Fiacca avec Gallo. Mais avec sa propre voiture, parce que dans la matinée était arrivé un deuxième appel du Questeur qui ordonnait qu'on économise l'essence.

À moins de trois kilomètres de la sortie du bourg, ils virent qu'il y avait un barrage de carabiniers. Il s'était formé une queue d'une dizaine de voitures, un truc à perdre une demi-journée. Gallo prit la file.

— On se fait areconnaître ? demanda-t-il.

— Non, dit Montalbano.

Étant donné l'état dans lequel se trouvait sa voiture, si les carabiniers apprenaient qu'eux, ils étaient en plus de la police, ils en rajouteraient une louche. Il se retrouverait avec une amende à payer que deux salaires n'y suffiraient pas. Au bout d'un moment, s'approcha un gradé qui sourit à l'instant où il vit qui était au volant.

— Salut, Gallo.

— Salut, Tumminello.

Montalbano se sentit rassuré : si ces deux-là étaient amis, on ne perdrait pas de temps en querelles avec les militaires.

— Pour c'te barrage ? s'enquit Gallo.

— On nous a donné l'ordre d'arrêter un homme de petite taille, gros et avec une cicatrice sur la joue gauche, provenant de Fiacca.

Le commissaire eut envie de rire. Et parla au gradé avec un petit sourire qui peut-être pouvait paraître moqueur.

— Excusez-moi, dit-il, mais si vous devez arrêter quelqu'un qui vient de Fiacca, pourquoi vous nous arrêtez, nous qui, au contraire, allons à Fiacca ? Peut-être que vous devriez faire marche arrière et regarder du côté opposé. Autrement, on se croirait dans une…

Il s'arrêta à temps. Mais qu'est-ce qui lui prenait d'ouvrir sa grande gueule maligne ? En attendant, il put voir que le visage de Tumminello avait d'un coup changé.

— Vous êtes qui ? demanda le carabinier.

— Je suis le comptable Muscetta.

— C'est un très bon ami qui m'a demandé le service de…, tenta d'expliquer Gallo.

— Elle est à vous, cette voiture, monsieur le comptable ?

— Oui.

— Terminez la phrase que vous étiez en train de dire, monsieur le comptable !

Il s'était fixé sur le comptable !

— Laquelle ? Je n'ai rien dit de…

— Non. Vous avez dit, « on se croirait dans une… ». Continuez.

— Ben, je voulais dire, on se croirait dans, comment dire, dans un monde renversé…

— Non, vous vouliez dire « autrement, on se croirait dans une blague de carabiniers ». Ce n'est pas ça ?

— Mais enfin, comment, je ne me permettrais jamais…

— Vous ne vous permettriez pas ? Même pas vous, cher commissaire Montalbano ?

Montalbano se pétrifia.

— Allez-y, dit le gradé.

Il l'avait areconnu tout de suite et avait fait mine de rin en l'appelant « comptable » ! Tumminello avait fait signe aux collègues de laisser passer la voiture. Ils roulèrent une dizaine de minutes en silence, puis Montalbano dit :

— J'avais exactement pinsé ce qu'a dit le gradé. Un jeune gars malin, il faut dire, ce Tumminello.

— Ce type fera carrière. Il prépare une licence de droit.

Ils passèrent devant un autre barrage où étaient arrêtées les voitures venant de Fiacca.

— Mais tu vois que j'ai raison ? dit Montalbano à Gallo. Le premier barrage était absolument inutile.

— *Dottore*, vous la connaissez l'histoire de Michele Misuracca qui arriva à Fiacca il y a six mois ?

— *Non.*

— Michele Misuracca surprit sa fille mariée avec un amant. Comme le gendre était en Allemagne, c'était à lui d'agir. Il tira et tua la petiote pendant que l'amant s'enfuyait. Misuracca prit la voiture et réussit à sortir de Fiacca un peu avant que les carabiniers ne dressent un barrage. Puis Misuracca revint en arrière et les carabiniers ne l'arrêtèrent pas passqu'ils contrôlaient les voitures qui sortaient de Fiacca. Misuracca rentra donc tranquillement au pays, retrouva l'amant, le tua et se constitua prisonnier.

Montalbano ne fit aucun commentaire.

Gallo récupéra le temps perdu au barrage et à quatre heures moins quelques minutes, le commissaire s'atrouva dans le hall d'entrée du 'pital.

Il fit deux pas et s'arrêta passqu'il avait été assailli par le premier doute : l'ascenseur, c'était celui de droite ou celui de gauche ?

Il se retourna. C'était Angela, l'infirmière. De contentement, le cœur de Montalbano s'élargit.

— Vous êtes vraiment gentille, je n'espérais pas que…

— … que je viendrais ? Et en fait, je n'avais pas en tête de me trouver ici. Puis j'ai changé d'idée.

— Pourquoi ?

— Avec tout le bazar qu'il y a eu, j'ai pensé que vous, sans moi, vous ne retrouveriez plus votre ami.

— Mais qu'est-ce qui s'est passé ?

— Vers 13 h 10, après qu'on a fait sortir tous les visiteurs, on a remarqué le comportement suspect d'un homme, étranger à l'établissement, qui traînait dans le couloir du quatrième étage en ouvrant et fermant les portes des chambres, comme s'il cherchait quelqu'un.

— Un peu comme moi.

— Eh oui, mais vous, à la question d'une infirmière, vous ne vous enfuyez pas avec un pistolet en main.

— Il a tiré ?

— Non.

— On l'a pris ?

— Il a été poursuivi, on l'a vu sortir de l'hôpital, traverser le parking et disparaître dans la campagne.

— Il était plutôt petit, gros ?

— Oui, comment le savez-vous ?

— Ce sont les carabiniers qui me l'ont dit, à un barrage. Et après, qu'est-ce qui s'est passé ?

— La police a fait déplacer tous les patients du quatrième étage au sixième, qui doit être encore inauguré et qui est plus facile à surveiller.

Se pouvait-il que l'homme soit venu pour tuer Fazio ? C'était possible. Oui. Combien de mafieux avaient été liquidés pendant qu'ils s'atrouvaient dans un 'pital ? Mais il voulut être sûr.

— Qui y a-t-il de si important d'hospitalisé dans ce service ?

— Le député Frincanato et le juge Filippone, tous deux de l'Antimafia. L'un avec une jambe cassée et l'autre avec une facture du bassin. Ils étaient ensemble dans une voiture entrée en collision avec un poids lourd. Et tous deux avaient reçu des menaces de mort.

C'était un fait connu, on nourrissait beaucoup de doutes sur les menaces de mort areçues par le député Frincanato qui comptait autant qu'un sourd troué. Les mauvaises langues disaient que les lettres anonymes, il se les était écrites lui-même pour se donner de l'importance. Et le juge Filippone, lui, c'était un type qui disait « oui » si la majorité disait « oui », et « non » si la majorité disait « non ». Une marionnette. Comme si la Mafia allait risquer un de ses hommes pour une demi-chaussette ! Montalbano en conclut, à sa plus grande inquiétude, que cet homme était venu chercher Fazio.

À l'instant où la porte s'ouvrit au sixième, le commissaire se retrouva devant deux policiers armés de mitraillettes. Il sortit aussitôt sa carte et ils le laissèrent passer. Devant les portes 8 et 10, il y avait deux autres agents munis aussi de mitraillettes.

Angela l'accompagna jusqu'à la porte marquée du numéro 14.

— Je voulais vous dire que je me suis renseignée et que j'ai appris que M. Fazio sortira de l'hôpital d'ici trois jours. Demain matin, on le fera se lever et rester quelques petites heures debout.

— Donc, vous devrez me servir de guide encore six fois.

— Vous allez venir deux fois par jour ?

— Eh oui.

— Après-demain, il me sera difficile de venir vous prendre.

— Pourquoi ?

— Parce que je serai de service en chirurgie. Donc, vous devrez vous débrouiller seul.

— Je m'en sortirai, dit Montalbano.

Et puis, tout à coup :

— Je peux vous inviter à dîner ?

Angela ne se montra ni surprise ni ahurie. Belle comme elle l'était, elle devait être 'bituée aux invitations des hommes.

— Pourquoi ?

— Je voudrais rembourser ma dette.

Angela éclata de rire. Puis, elle dit :

— J'accepterais volontiers. Mais j'aurais une obligation… rien d'important. Je peux vous donner une réponse définitive d'ici peu ? Je passe un coup de fil et je m'occupe de me libérer. Si, à 16 h 30, quand vous sortez, vous ne me trouvez pas ici, devant, appelez-moi à ce numéro.

Elle écrivit le chiffre sur un bout de papier que Montalbano empocha. Angela rit une dernière fois, lui tourna le dos et commença à s'éloigner. Le commissaire s'attarda à la mater de dos, c'était une bien belle vision, puis il frappa.

— Entrez, dit une voix féminine.

La première chose qu'il vit en entrant dans la chambre fut l'infirmière naine, la jumelle des matons de Sing Sing. Ensuite, il nota que Fazio était toujours au lit, mais assis sur la couche, avec des coussins derrière le dos et la tête. Mme Fazio n'était pas là.

— Sept minutes, prévint tout de suite la naine.

— Le compte à rebours part du moment où vous serez sortie, répliqua Montalbano puis, tourné vers Fazio qui souriait, content de le voir, il demanda : Où est ta femme ?

— Je l'ai renvoyée à la maison se reposer, intervint la naine pendant qu'elle ouvrait la porte pour sortir. Elle ne tenait plus debout. Et maintenant, notre patient est en voie de rétablissement.

Mais avant de refermer la porte dans son dos, elle arépéta :

— Sept minutes !

— Va te faire foutre, dit Fazio à voix basse.

— À propos, j'ai une bonne nouvelle pour toi, intervint Montalbano. Envoyer faire foutre n'est plus un délit. C'est la cour de cassation qui l'a établi. Écoute, tu n'as rien su de ce qui s'est passé au 'pital ?

— On m'a dit qu'il y avait quelqu'un qui voulait entrer dans les chambres de deux types de l'Antimafia.

— Tu sais qui c'est ? Frincanato et Filippone.

— Mais c'est deux minables ! s'exclama Fazio, surpris.

— Exactement. Alors, cette histoire me laisse perplexe.

— Moi aussi.

— Dans ta chambre, il entra ?

— Oh que non.

— Ça ne te dit rien, un homme de petite taille, gros et avec une cicatrice sur la joue gauche ?

— Putain ! s'exclama Fazio.

Il était devenu d'un coup blême comme un mort.

— Tu l'aconnus ?

— C'était un des deux qui voulaient me tuer.

— Je m'y attendais, fut le commentaire du commissaire.

Et tandis que Fazio lui faisait signe qu'il voulait qu'il lui passe le verre d'eau sur la table de chevet, il continua :

— Donc, l'homme est venu armé au 'pital seulement pour toi, pour terminer le boulot.

— Je veux sortir tout de suite d'ici, s'exclama Fazio, en lui tendant le verre vide.

— Difficile que ce type revienne, sois tranquille.

— Je peux au moins avoir une arme ?

— Tu galèjes ? L'autre, de Sing Sing, elle te fait mettre au mitard !

Fazio le fixa, étonné.

— Et qui c'est ?

— Laisse tomber, parlons de ce qui t'est arrivé *a tia*, à toi. Il doit s'agir d'un très gros truc.

— *Dottore*, en toute conscience, moi, je ne sais pas si ce truc est gros ou pas. Quand ces deux-là…

— Attends. Commençons par le commencement. Faisons un truc à épisode comme à la télé. Passque sinon, par séances de six minutes, on n'acomprend rien. Parle-moi de Manzella.

Fazio y pinsa un moment et puis attaqua.

— Avec Filippo Mansella, on a fait l'école primaire ici à Vigàta. Après, on se perdit de vue, son père était cheminot et il a été déplacé. Puis on s'est retrouvés au service. Lui, il fréquentait une école de danse à Palerme, il voulait adevenir danseur classique. Et en fait, il se mit à besogner dans le corps de ballet du Teatro Massimo. De temps en temps, quand... je devais aller à Palerme, on se... on se rencontrait.

Il s'était fatigué.

— Arepose-toi, conseilla le commissaire.

Fazio ferma les yeux et resta silencieux trente secondes. Puis il voulut se remettre à parler, mais il n'y arrivait pas.

— Ensuite...

Il s'interrompit, il respirait fort.

— Attends encore un peu, dit Montalbano.

— Oh que non, les sept minutes vont passer. Ensuite, on se perdit nouvellement de vue. Un jour, je le rencontrai par hasard à Montelusa. Il avait changé.

— De quelle manière ?

— D'abord, il avait grossi. Et puis, il ne me regardait pas dans les yeux, comme autrefois. Il me dit qu'il ne dansait plus, qu'il s'était marié, que sa femme attendait un enfant, qu'il ne besognait pas ; il avait eu un héritage.

Fazio marqua une deuxième pause. Mais maintenant, il parlait avec peine, il laissait des silences entre chaque mot.

— Il y a une quinzaine de jours, je le rencontrai de nouveau à Montelusa. Il était très pressé. Il m'a dit seulement qu'il voulait le numéro de mon portable. Moi, je le lui donnai et lui, deux jours plus tard, me téléphona.

— Qu'est-ce qu'il voulait ?

— Il voulait que je m'occupe d'une certaine affaire. D'après lui, il s'agissait de contrebande.

— Il ne t'a dit que ça ?

— Seulement ça.

— Pourquoi tu ne m'as rien dit ?

— *Dottore*, moi, tout ça, ça m'a paru une histoire imaginaire. À Filippo, ça lui plaisait d'inventer des trucs de temps en temps.

— Avance.

— Lui, il a continué à m'appeler. Il disait être sous surveillance, que peut-être ils avaient compris qu'il savait… Mais quand je lui demandais qu'on se voie pour qu'il me raconte tout, il adevenait évasif, il temporisait…

— Il t'est déjà arrivé de le rappeler après qu'il t'a cherché ?

— Oh que oui. J'avais son numéro de portable.

— Tu ne l'as jamais rappelé sur un numéro fixe ?

— Oui, mais ça correspondait à un bar. Il aimait bien faire le mystérieux.

— Il t'a dit des noms ?

— Aucun, il était toujours vague… et moi j'étais toujours plus convaincu qu'il me racontait des conneries.

— Très bien, on a peu de temps, maintenant, dis-moi seulement pourquoi tu es allé au port.

— Au bout de quelques jours qu'il ne me téléphonait pas, il m'appela. Il me dit que si j'y allais tout de suite, cette fois, je les chopais tous, la main dans le sac. Moi, alors, je dis à ma femme que vosseigneurie m'avait appelé et je suis sorti de chez moi.

— Il ne t'a pas expliqué de quelle contrebande il s'agissait ?

— Oh que non. Il me dit seulement qu'il m'attendait au port, du côté des entrepôts, à trois heures du matin.

— Et alors, pourquoi tu es sorti peu après huit heures du soir ?

— Pour faire paraître la chose plus vraisemblable à ma femme.

— Tu étais armé ?

— Oh que non.

— Mais comment ça ! Tu vas à la rencontre d'une bande de contrebandiers certainement dangereux et...

— Mais, moi, je ne voulais pas les rencontrer ! Je voulais seulement voir sans être vu. Ensuite, avant de bouger, j'aurais appelé des renforts ! Et vous voulez savoir un truc ? Je n'y croyais toujours pas que c'était vrai.

— Fin du temps accordé ! annonça la naine en entrant.

— Une dernière question : mais toi, ce soir-là, le soir où Manzella t'a téléphoné pour te dire d'aller au port, tu es sûr que c'était lui qui te parlait ?

— Moi, j'ai eu l'impression que c'était lui, même si la voix m'arrivait lointaine et brouillée. Il appelait toujours avec le portable. Il m'a dit que ça prenait mal.

— Salut, on se voit demain.

DIX

Montalbano sortit, mais un instant plus tard, il revint en arrière, ouvrit la porte, mit la tête à l'intérieur.

— Je me suis rappelé que demain matin je dois aller voir le Questeur.

Dans le couloir, on ne voyait pas d'Angela. Il était pile quatre heures dix.

Il attendit deux minutes puis s'approcha des agents de garde en brandissant sa carte.

— Le commissaire Montalbano, je suis.

— À vos ordres, firent-ils en chœur.

— Dans la chambre 14, il y a un de vos collègues du commissariat de Vigàta. Il a été blessé à la tête dans une fusillade. Vous pouvez aussi garder un œil sur cette porte ? Il n'est pas dit que l'homme qui s'est introduit dans l'hôpital soit venu précisément pour ceux de l'Antimafia. Je me fais comprendre ?

— À la perfection, dit l'un.

— Vous pouvez partir tranquille, fit l'autre.

Au bout du couloir, il ne sut pas s'il devait tourner à droite ou à gauche. Puis, au fond de celui de droite, il vit les deux agents à mitraillette qui gardaient l'ascenseur.

Quand il arriva au rez-de-chaussée, il tira de sa poche le bout de papier que lui avait donné Angela. C'était un numéro interne. Il alla au comptoir et pria une des deux préposées à l'accueil de le lui composer. Un instant après, il parlait avec la fille.

— Malheureusement, je n'ai pas réussi à me libérer. On peut tout remettre à demain soir ?

— Pour moi, ça va très bien.

— Alors, on fixera l'heure et le lieu demain matin.

— Non, Angela, demain matin, je ne pourrai pas venir.

— C'est vraiment sûr ?

— Tout à fait sûr, je suis pris.

— L'après-midi, non plus ?

— À 4 heures, je serai sûrement là.

— Alors, demain après-midi. Comme ça, on se met d'accord. Moi, je finis mon service à 18 h 30.

— Vous connaissez, ici, à Fiacca, un endroit où on mange bien ?

— Il y en a beaucoup. Mais…

— Mais ?

— Mais je ne voudrais pas trop me montrer dans le coin avec… si on me voyait avec un inconnu, ici, j'aurais probablement quelques problèmes, vous comprenez ?

— Je vous comprends très bien.

— Vous n'en avez pas, des problèmes ?

— Momentanément, non. Vous voulez venir à Vigàta ?

— Pourquoi pas ?

La réponse avait été immédiate, manifestement, Angela s'attendait à cette proposition.

— Vous êtes en voiture ?

— Oui, mais si vous m'attendez un quart d'heure après le service, je me change ici, à l'hôpital et après nous pourrons aller avec la vôtre.

Bon, qu'est-ce qu'elle s'était mis en tête, cette fille ? Il voulait simplement l'inviter à un dîner sans conséquences. Mais il fut certain que la conséquence éventuelle, il aréussirait à l'éviter sans perdre la face.

La place réservé aux visiteurs était derrière le 'pital ; pour y arriver, il dut marcher dix minutes à pied. Gallo dormait, bouche ouverte, la tête appuyée en arrière.

— Bonjour !

L'autre sursauta, ouvrit l'œil, parut quelque peu confus.

— Excusez-moi, *dottore*, mais j'ai du sommeil en retard, ça me bouffe tout cru.

— Tu n'as pas dormi, cette nuit ?

— Non, et pas la nuit d'avant non plus. Dès que je me couche, il me vient un terrible mal d'estomac. Maintenant, j'ai les yeux qui clignotent et qui se ferment tout seuls.

— Va te prendre un café au bar du 'pital.

— J'en ai pas envie.

— Écoute, parlons clair. Moi, je ne vais pas avec un type à qui tout d'un coup peut arriver une grande envie de dormir au milieu d'une route avec une circulation dense. C'est moi qui conduis, toi, tu te mets derrière et tu dors.

Gallo, qui avait vraiment besoin de dormir, ne protesta pas. Le temps que le commissaire manœuvre pour sortir du parking, lui, disposé en position horizontale, avait plongé dans un sommeil profond.

Comme il était prévisible, le barrage à la sortie de Fiacca n'avait pas encore été levé, et donc la voiture de Montalbano fut arrêtée. Mais cet homme recroquevillé à l'arrière avec un bras qui lui cachait le visage éveilla l'attention du carabinier. Il était en train de se pencher vers la glace baissée pour dire quelque chose quand il s'était ravisé et s'était d'un coup reculé. Le commissaire eut l'idée de faire une blague à Gallo. Pendant ce temps, le carabinier avait appelé deux de ses collègues qui s'approchèrent, sur leurs gardes, tenant leurs mains au niveau de la crosse du revolver. Montalbano se régalait, il restait immobile, mains bien en vue sur le volant.

— Qu'est-ce qu'il fait, il dort ? demanda le premier carabinier au commissaire.

— Profondément.

— Réveillez-le.

— Réveillez-le vous-même. Mais je vous préviens que, quand il est réveillé brusquement, il devient nerveux, il peut avoir des réactions imprévisibles. Moi, je vous ai averti, attention, je ne veux pas avoir de responsabilités.

— Et comment je pourrais le réveiller ?

— Je ne sais pas, quelques petits mots doux, quelques gentilles caresses…

— Vous plaisantez ?

— Vous avez l'impression que je suis du genre à plaisanter ? demanda le commissaire, l'air vexé.

Alors, le carabinier échangea quelques paroles rapides avec les deux autres et puis dit au commissaire :

— Descendez lentement de la voiture.

— Les mains en l'air ?

— Pas besoin.

Montalbano, sans faire de bruit, descendit. Alors, le carabinier ouvrit d'un coup la portière arrière et, faisant un bond de côté, cria :

— Sors de là, toi ! Sors les mains levées.

Gallo, aréveillé en sursaut, voyant trois armes pointées sur lui, eut une frousse de tous les diables et se mit à hurler :

— Je suis agent de police ! Ne tirez pas !

— Montre-nous tes papiers.

Gallo les leur montra. Alors, le premier policier, furieux, demanda à Montalbano :

— Pourquoi vous ne nous l'avez pas dit que c'était un agent ?

— Parce que vous ne m'avez pas demandé qui c'était.

Le carabinier appela l'adjudant. Celui-ci voulut voir les papiers de Montalbano.

— Pourquoi est-ce que vous ne vous êtes pas présenté ?

— Personne ne me l'a demandé. Le carabinier ici présent m'a adressé la parole seulement pour me demander si mon agent dormait. Et moi, je lui ai répondu que oui. Ça doit durer encore longtemps, c'te histoire ?

— Non, commissaire. Juste le temps d'une amende. La voiture est à vous ?

— Oui. Pourquoi ?

— Vous roulez phares éteints[1] et avec un feu cassé à l'arrière.

1. En Italie, il est obligatoire de rouler phares allumés même de jour.

Voilà ce qu'il avait gagné à vouloir galéjer avec les carabiniers et à ne pas laisser conduire Gallo !

Quand il entra dans son bureau, il trouva Mimì qui l'attendait.

— Qu'est-ce que tu me racontes ?

— Tous joignables.

— Qu'est-ce que ça veut dire ? demanda Montalbano qui, en cet instant, pensait à Angelina.

— Que les cinq messieurs plus ou moins sexagénaires qui aiment se faire pédicurer ont répondu à l'appel. J'ai vérifié aussi l'annuaire de Montelusa que m'a donné Galluzzo. Tout le monde est là. Donc, le mort n'allait pas chez les pédicures ici à Vigàta ou à Montelusa. Et il n'avait pas affaire non plus avec le podologue. Fazio t'a dit quelque chose ?

— Oui.

Et il lui raconta l'histoire de Manzella.

— Et pourquoi on lui a tiré dessus, au port ?

— Ça, nous le saurons au prochain épisode.

— Il me semble avoir compris que Manzella a dit à Fazio qu'il s'était marié et que sa femme était enceinte, dit Mimì.

— Tu as bien compris. Et c'est la seule chose à faire pour le moment.

Sans dire un mot, Augello se leva, sortit et revint avec l'annuaire qu'il commença à feuilleter.

— À Vigàta, il y a deux Filippo Manzella. Et un autre habite à Montelusa, conclut-il au terme de la consultation.

— Mets le haut-parleur et acommence par Vigàta.

Le premier Filippo Manzella était un vieux, mauvais comme une teigne, qui insulta Mimì ; le deuxième s'avéra absent du fait que, selon une femme se présentant comme son épouse, il avait embarqué une heure plus tôt sur un chalutier.

— Et celui-là aussi est à exclure, vu qu'il y a une heure, il était encore vivant, dit Augello.

Montalbano le fixa avec une expression entre l'admiration et l'étonnement.

— Mimì, certaines fois, tu arrives à des conclusions bouleversantes. Mieux que La Palisse.

— J'ai appris de toi, rétorqua l'autre en faisant le numéro de Montelusa.

— Qui est à l'appareil ? demanda une voix de femme.

— Police, dit Mimì.

La femme eut peur.

— Oh mon Dieu, qu'est-ce qui se passe ?

— Ne vous inquiétez pas, madame, il ne s'agit que d'une contravention. M. Filippo Manzella habite là ?

— Il n'habite plus là.

— Qu'est-ce que ça veut dire ?

— Ça veut dire que, mon mari et moi, nous n'habitons plus ensemble depuis cinq ans. Nous sommes séparés.

— J'ai compris. Vous savez où il est allé habiter ?

— Écoutez, jusqu'à il y a une quinzaine de jours, je savais qu'il habitait à Vigàta, 13, via della Forcella mais à son dernier coup de fil, il m'a annoncé qu'il avait changé de maison.

— Quand est-ce qu'il vous a téléphoné pour la dernière fois ?

— Je vous l'ai dit : il y a une quinzaine de jours.
— Et après, il ne vous a plus rappelée ?
— Non.
— Et vous ne vous êtes pas inquiétée de ce silence ?
— J'y suis habituée. Il ne me téléphone que pour avoir des nouvelles de notre fils. Mais il peut rester un mois sans m'appeler.
— Il vous a donné sa nouvelle adresse ?
— Non.
À ce point, le commissaire lui prit l'appareil.
— Madame, le commissaire Montalbano, je suis. Je peux venir à Montelusa vous parler ?
— Maintenant ?
— Oui, disons d'ici une petite demi-heure.
— Non, j'allais sortir. Si vous voulez, vous pouvez venir demain matin à partir de 11 heures.
Montalbano remercia, raccrocha, se leva.
— Tu viens avec moi ? demanda-t-il à Augello.
— Où ?
— Réveille-toi, Mimì. Au 13, via della Forcella.

Via della Forcella se trouvait dans une zone de maisons de fabrication récente sur la route pour Montereale. Le numéro 13 correspondait à un immeuble de six étages. À côté de la grande porte d'entrée, un écriteau disait :
« Studios à louer. S'adresser au concierge. »
Montalbano se gara, descendit, entra. Mimì avait adécidé que c'était mieux si le commissaire y allait seul, après avoir passé un appel à Beba qui lui avait raconté que le minot était tombé en se faisant mal au front.

À l'intérieur de la loge, qui en réalité était un studio, à travers la porte ouverte, il vit une femme qui s'activait avec un balai.

— Le concierge est là ?

— Non.

— Vous pouvez me dire avec qui je dois parler pour avoir quelques informations sur les appartements ?

— *Con mia*, avec moi.

— Et vous êtes qui, excusez-moi ?

— La femme du concierge, ça ne vous suffit pas ?

— Ça me suffit.

Mais il n'avait pas envie de parler de Manzella avec une femme qui surtout avait l'air passablement querelleuse.

— Écoutez, votre mari, il rentre quand ?

— S'il est encore capable d'atrouver le chemin, vers les onze heures du soir, il va se pointer.

— Il travaille ?

— Oh que oui.

— Où ça ?

— À la buvette de Gnazio Cutaja. Il besogne à vider en buvant des verres de vin l'un après l'autre. Vous comprenez ?

Pleine d'esprit, la dame.

— Très bien.

Un alcoolo. Pas à tortiller, il devait forcément parler avec elle. La femme s'était arrêtée de manier le balai et, appuyée au manche, le matait d'un air plutôt mauvais.

— Je peux vous dire une chose ? demanda-t-elle.

— Dites-moi.

— Vosseigneurie pue le flic. Sans vouloir vous offenser.

Le mieux était de jouer cartes sur table.

— Oui. Je suis commissaire.

— Entrez chez moi et asseyez-vous.

Montalbano s'assit sur une des quatre chaises qui entouraient une petite table. D'une minuscule cuisine arrivait une délicieuse odeur de soupe de poisson.

— Vous voulez un verre de vin ?

— Ne vous dérangez pas, merci. Mes félicitations pour la soupe de poisson. Elle doit être exquise, à en juger par l'odeur.

L'attitude de la femme changea. Elle laissa le balai dans un coin, retira son tablier, prit un autre siège.

— Parlez. Je vous dirai tout ce que vous voulez savoir.

— Madame, nous avons su que, jusqu'à il y a une vingtaine de jours, un des studios devait être habité par un type qui s'appelait Filippo Manzella. C'est bien ça ?

— Oh que oui. Une brave personne.

— Combien de temps a-t-il habité ici ?

— Disons trois ans.

— Pourquoi est-il parti ?

— Il m'a dit qu'il avait atrouvé mieux.

— Il vous a donné sa nouvelle adresse ?

— Oh que non.

— Et comment allait-il faire pour la poste, les factures ?

— Il m'a dit qu'il passerait une fois par semaine.

— Quand passa-t-il pour la dernière fois ?

— Il ne passa jamais. *Haiu sarbati*, j'ai gardé pour lui trois lettres et une facture d'électricité.

— Il recevait du monde ?

— Pas de jour.

— Et la nuit ?

— Mon cher commissaire, et qu'est-ce j'en sais, moi ? Je ferme la loge à sept heures et demie du soir, je mange, je me regarde un peu de télévision et puis je m'en vais me coucher. Ceux qui veulent entrer, ils utilisent l'interphone.

— Je peux voir l'appartement où il habitait ?

— Et qu'est-ce que vous voulez y trouver ? Moi, quand je le nettoyai, j'y atrouvai seulement la longue-vue qu'il m'avait dit qu'il repasserait se prendre.

— Et où est-elle, cette longue-vue ?

— Encore dans l'appartement. Comme il l'a laissée, vu que l'appartement n'a pas encore été reloué.

— Je pourrais le voir ?

La concierge soupira, se leva, passa dans l'autre pièce et revint avec un trousseau de clés qu'elle tendit au commissaire.

— Allez-y seul, vosseigneurie, sixième étage, appartement 18. Esscusez, mais je dois m'occuper de la soupe. Il y a l'ascenseur.

La porte de l'appartement 18 s'ouvrait directement sur un petit salon, doté d'un téléviseur suspendu et d'un coin cuisine. Du petit salon, on passait dans la chambre à coucher où entraient tant bien que mal un lit à deux places, une toute petite armoire, deux tables de chevet, avec une fenêtre et une porte étroite qui donnait sur une salle de bains microscopique avec douche. Il y avait des prises pour le téléphone, une dans le salon et l'autre dans la chambre, mais pas d'appareil visible. La longue-vue était très grande : posé sur un trépied, elle occupait la moitié du salon. Elle était orientée vers le port de Vigàta. Dès que le commissaire y colla son œil, il lui sembla toucher le mur extérieur d'un des entrepôts frigorifiques, celui qui donnait sur la mer, là où on amarrait les chalutiers pour décharger. La grande porte était ouverte et on voyait très bien deux hommes occupés à besogner. Il allait sortir de l'appartement quand il lui vint à l'esprit d'ouvrir l'armoire. Outre les couvertures et les draps de rechange, il y avait des jumelles dans leur étui. Il les sortit. C'était un puissant appareil militaire à infrarouge.

Manzella avait dû l'acheter en contrebande, en le payant très cher.

Il le remit en place, ferma, sortit, donna les clés à la concierge.

— Encore quelques questions, et je vous laisse tranquille.

— Allez-y.

— Comment se fait-il que je n'ai pas vu de téléphone ?

— M. Mansella utilisait seulement le portable.

— Vous savez où il travaillait ?

— Il besognait pas.

— Comment il vivait ?

— Je ne sais pas, mais les sous lui manquaient pas.

— Il sortait de chez lui ?

— Bien sûr ! Le matin, quand il était là, il allait faire les courses passqu'il aimait cuisiner tout en écoutant de la musique, il avait même les haut-parleurs. L'après-midi, il dormait jusqu'à cinq heures puis il se…

— Un instant. Vous avez dit : « quand il était là ». Il n'était pas là tout le temps ?

— Oh que non, certaines fois, il disparaissait des semaines entières.

— Et où allait-il ?

— Et qu'est-ce j'en sais.

— Qui nettoie les studios ?

— Moi, ma sœur et ma belle-fille.

— Qui nettoyait celui de Manzella ?

— Moi.

— C'est une question un peu délicate, madame. En refaisant le lit le matin, vous avez eu quelquefois l'impression que Manzella avait reçu une femme ?

La concierge éclata de rire.

— L'impression ? Mon cher commissaire, certaines fois, on aurait dit qu'il y avait eu un tremblement de terre ! Les oreillers par terre, les draps entassés, une fois même, j'atrouvai le matelas à moitié tombé du lit.

— Ça arrivait souvent ?

— Ces derniers temps, assez souvent.

— C'était un homme à femmes ?

— Vosseigneurie, qu'est-ce que vous en dites si vous atrouvez le lit dans cet état au moins trois nuits par semaine ?

— Trois nuits ? Mais il n'a pas un certain âge ?

— Oh que oui. Mais visiblement, ça marche encore pour lui. Ou bien il s'aide avec les cachets.

— Il s'agissait toujours de la même femme ou bien il changeait ?

— Et comment j'aurais pu savoir ?

— Je sais pas, des cheveux de teinture différente sur les oreillers ou dans la salle de bains…

— Vous me croirez ou pas, mais je n'atrouvai jamais de cheveux !

— Une pince à cheveux, du rouge à lèvres ?
— Rin de rin.
— Et comment est-ce possible ?
— Peut-être qu'ils y faisaient attention.
— Manzella a une voiture ?
— Il l'avait.
— Expliquez-moi ça.
— Dans l'immeuble, il y a M. Fazone qui vend des voitures d'occasion. Manzella lui a vendu la sienne, que c'était une *Panta* très bien entretenue, pour quatre sous.
— Cela, c'est arrivé quand ?
— Deux jours avant qu'il quitte l'appartement. Il me dit qu'il voulait en acheter une neuve.
— Comment il l'a payé, Fazone ?
— Manzella a voulu être payé en liquide. J'étais là.
— Où est-ce qu'il a mis ses affaires ?
— Une valise, ça lui a suffi. Il avait pas grand-chose. D'après moi…
— Je vous écoute.
— D'après moi, Manzella avait un autre logement.
— Une dernière chose. Vous pourriez me donner les trois lettres ?
La concierge parut hésiter.
— Et si, après, M. Manzella passe, qu'est-ce que je lui raconte ?
— Faisons comme ça. Je vous laisse un reçu. Comme ça, M. Manzella peut venir les reprendre au commissariat.

ONZE

Il sortit de l'immeuble en pinsant que le déménagement de Manzella n'avait pas été un simple changement d'habitation, mais ressemblait beaucoup à une espèce de fuite de quelqu'un qui veut disparaître sans laisser de trace.

Il déplaça la voiture juste ce qu'il fallait pour ne pas éveiller la curiosité du voisinage puis s'arrêta et sortit les lettres de sa poche.

La première, qui venait de Palerme, était signée « ta très affectionnée sœur Luciana ». C'était une longue plainte : la mère nonagénaire qui avait besoin d'assistance, le mari de Luciana qui était un grand débauché, un fils qui désormais devait être considéré comme perdu à la remorque d'une petiote qu'on aurait dit une sainte mais en fait était une radasse, au point qu'elle se faisait acheter les culottes par lui… En conclusion, elle tendait la sébile.

La deuxième lettre était d'un certain Sebastiano et venait de Messine. Elle disait qu'il allait bien, qu'il s'était rangé et avait enfin trouvé l'amour de sa vie. Duquel amour, il joignait une photographie. Celle-ci représentait un militaire de la marine, un jeune gaillard de 25 ans, le front bas, les oreilles en éventail, une bouche de cheval.

Il devait mesurer 1,90 m, il était fait qu'on aurait dit un athlète et il avait les jambes tellement tordues qu'elles formaient quasiment un cercle.

Montalbano pinsa que l'amour, comme on sait, est aveugle.

La troisième et dernière, qui venait de Vigàta même, il la lut deux fois de suite.

Puis il partit, passa au commissariat, mit les deux premières lettres dans le tiroir de son bureau, garda la troisième en poche. Ensuite, il sortit et alla à Marinella.

Douce et claire était la nuit, et sans vent. Et la lune, au lieu de se poser sur le jardin, flottait sur la mer. L'automne sentait peut-être ses jours comptés et s'abandonnait à sa fin avec une espèce de langueur mélancolique un peu distraite, parce qu'il se laissait envahir par des journées et des soirées de printemps sans opposer de résistance. Montalbano s'était empiffré, assis sur la véranda, d'une grande assiette de pâtes *'ncasciata* qu'Adelina lui avait laissées dans le four. En vérité, c'était plutôt un plat de midi, mais par chance, la bonne n'avait jamais fait de distinctions entre ce qui allait bien pour déjeuner et ce qui allait pour le dîner. Et, certaines fois, le commissaire en payait les conséquences. Comme il allait certainement arriver cette nuit, passque adigérer les pâtes *'ncasciata* peut adevenir une véritable guerre nocturne. Puis, avec soupir, il se leva, entra, s'assit à la table sur laquelle il avait laissé la lettre adressée à Filippo Manzella et se la relut pour la troisième fois.

Ippo,

Tu peux m'expliquer pour quelle raison d'un coup tu ne veux plus me voir ?

Je t'ai appelé des dizaines de fois sur le portable, mais tu n'as jamais voulu me répondre. Pourquoi ? Je pense que quelqu'un t'a peut-être dit des choses méchantes complètement inventées sur mon compte et toi, petit idiot, tu y as cru. L'histoire de Fiacca, si on t'en a parlé, est une bêtise. À part que tu me manques, il me paraît indispensable de nous voir pour tout éclaircir. Il pourrait y avoir des conséquences. Dans ton propre intérêt, tu me comprends ?

Donc, appelle-moi.

G.

Le premier problème que présentait cette lettre, envoyée de Vigàta à Vigàta et écrite en parfait 'talien, s'aprésentait dans les dernières lignes où se remarquait un dangereux changement de ton. Si Manzella ne voulait plus avoir de rapport avec l'amie G., pourquoi G. lui écrivait-elle qu'il pouvait y avoir des conséquences ? Il était en tout cas clair que, dans ces conséquences, Manzella avait tout à perdre. Et était-ce pour éviter ces déplaisantes conséquences que Manzella s'était enfui de l'appartement sans laisser sa nouvelle adresse ? Et donc, la voiture, il l'avait vendue pour que pirsonne ne puisse remonter de la plaque au propriétaire.

Le deuxième problème était que la lettre détonnait. Elle détonnait dans le ton général. Rin ne donnait la certitude que G. était une femme. Une femme abandonnée par un homme avec lequel elle aurait eu une relation aurait employé des termes différents, pour le moins un peu plus passionnés. Mais si c'était un homme... Un homme aurait-il écrit des expressions comme « choses méchantes » ? Et « petit idiot » ?

Lui, Montalbano, qu'est-ce qu'il aurait écrit ? Il lui vint à l'esprit des mots comme conneries, couillonnades, malignité, calomnie... Non, « choses méchantes », ce n'était pas une expression d'homme. Et « petit idiot », ce n'était pas masculin. Le mieux était d'emporter la missive avec lui quand il irait à la questure. Là-bas, il y avait Gargiulo, de la Scientifique, qui était un bon graphologue.

Il alla se coucher après un long coup de fil à Livia qui se termina bien. Mais il eut une nuit épouvantable, à cause des pâtes *'ncasciata*.

— Je vous trouve un peu pâlot. Tout va bien en famille ? demanda ce grand tracassin de chef de cabinet Lactes qui ne bougeait jamais de l'antichambre du Questeur, toujours prêt à casser les burnes aux malheureux qui y entraient.

— Tout va bien, grâces en soient rendues à la Madone.

— M. le Questeur vous attend.

Il avait été ultra-ponctuel. Bonetti-Alderighi s'adémontra accueillant.

Il se mit carrément debout.

— Très cher ami ! Asseyez-vous. Comment allez-vous ? Tout est terminé ? Vous êtes un peu pâle.

Bien sûr qu'il était pâle, vu qu'il n'avait pas fermé l'œil à cause des pâtes *'ncasciata* !

— Oui, les séquelles du super-scrocson sont terribles, vu que le tube qui est enfilé dans…

— Je vous en prie, épargnez-moi ça. Et puis, je ne veux pas que vous vous fatiguiez. Racontez-moi juste ce qui s'est passé.

— Monsieur le Questeur, je n'ai pas grand-chose à dire et c'est pour cela que je n'ai pas encore fait de rapport. En deux mots, comme j'avais reçu une information sur un trafic de drogue au port, j'ai chargé l'inspecteur-chef Fazio d'aller jeter un coup d'œil. D'après ce que nous avons appris, dès que Fazio est arrivé sur les lieux, on lui a tiré dessus, le blessant à la tête, puis on l'a fait disparaître. Nous avons appris, par un coup de fil anonyme, que Fazio avait été vu avec deux autres hommes au lieu-dit Trois Puits. Ils avaient l'intention de le tuer. J'ai appelé les pompiers qui ont extrait deux cadavres de deux puits. Alors que Fazio restait introuvable.

— Vous avez averti le procureur de ces découvertes ?

— Bien sûr. Et aussi la Scientifique et le Dr Pasquano. Tout est en règle.

— Et puis ?

— Puis Fazio a été repéré sur la route pour Fiacca.

— Qui l'a vu ?

— Un… un collègue de ce commissariat qui le connaissait.

— Poursuivez.

— Fazio errait. Je l'ai rattrapé, il ne m'a pas reconnu, je l'ai accompagné à l'hôpital de Fiacca où il se trouve encore hospitalisé. On a dû l'opérer.

— Vous êtes allé le voir ? Qu'est-ce qu'il a dit ?

— Je n'y suis pas allé, étant donné que les médecins m'ont dit au téléphone qu'on n'a pas encore récupéré la mémoire. Il ne se rappelle absolument rien. Il faudra un peu de temps.

— Les médecins sont certains que sa mémoire recommencera à fonctionner ?

— Tout à fait certains.

Ils parlèrent encore une dizaine de minutes puis le Questeur dit :

— Tenez-moi au courant.

Ce qui signifiait que l'entretien était terminé. Il lui avait raconté un mélange de vérité et de calembredaines, mais surtout il avait obtenu, avec l'histoire que Fazio avait perdu la mémoire, que personne ne viendrait lui casser les burnes au 'pital. Finalement, le Questeur, qui redoutait peut-être, en le traitant mal, d'aggraver les effets du super-scrocson, avait été assez compréhensif.

Il alla à la Scientifique en espérant ne pas rencontrer le chef, Arquà, qui lui était 'ntipathique. Il ne le vit pas, mais ne vit pas non plus Gargiulo.

— Commissaire, vous cherchez quelqu'un ? lui demanda un gars de l'équipe.

— Oui, Gargiulo.

— Il ne vient pas aujourd'hui. Vous le trouverez demain matin.

— Vous pouvez me rendre un service ?

— Certainement.

Il tira de sa poche la lettre de G. adressée à Manzella.

— Vous pouvez lui remettre ceci de ma part et lui demander d'y jeter un coup d'œil ? Dites-lui que je l'appellerai demain.

Il sortit de la questure, il y avait un bar à deux pas, il commanda un café et pendant qu'on le lui préparait, il consulta l'annuaire. Filippo Manzella habitait 28, via Croce. Donc de l'autre côté de la ville. Y aller en voiture, pas la peine d'en parler. Montelusa était en réalité un labyrinthe de rues et de ruelles toujours éventrées par des travaux en cours et bloquées par des sens interdits. Il adécida d'aller à pied via Croce, en marchant tranquillement ; de toute façon, il avait du temps à sa disposition. Le rendez-vous avec Mme Manzella était à 11 heures.

L'appartement, au cinquième étage d'un immeuble de huit, était petit mais très propre et tenu dans un ordre parfait. Mme Manzella le fit asseoir au salon et lui demanda s'il voulait un café. Montalbano arefusa, ademanda juste un verre d'eau, la marche pour arriver là ayant été longue et tout en montée.

Mme Manzella, qui lui avait dit s'appeler Ernestina, était une dame dans les 45 ans, de belle allure, vêtue correctement, qui avait dû être une belle jeune fille. Et c'était une pirsonnc qui réflćchissait. Ce fut elle qui entra dans le vif du sujet.

— Dites-moi sincèrement : cette histoire d'amende, vous vous l'êtes complètement inventée, n'est-ce pas ?

Montalbano poussa un soupir de soulagement. Mieux valait jouer cartes sur table.

— Oui, comment l'avez-vous compris ?

— Un commissaire ne prend pas la peine de venir jusque chez moi pour une simple amende.

Montalbano sourit et ne commenta pas.

— Qu'est-ce qui est arrivé à Filippo ? demanda Mme Ernestina.

Mais elle ne paraissait pas particulièrement inquiète.

— Nous ne le savons pas.

— Et alors, pourquoi vous vous intéressez à lui ?

— Parce qu'il a disparu.

Ernestina rit.

— Mais lui, il disparaît tout le temps ! C'est une habitude innée chez lui ! Une semaine, quinze jours, un mois ! Même la première année de notre mariage, il me disait qu'il devait partir sans me dire où et il disparaissait. Et tout le temps qu'il était parti, il ne me passait pas le moindre coup de fil.

— Vous lui avez jamais demandé pourquoi il s'en allait ?

— Bien sûr ! Des dizaines de fois ! Et lui, immanquablement, il me disait que c'était pour affaires. Mais moi, je n'y ai jamais cru. Vous voulez un conseil ? Arrêtez de le chercher. Vous verrez qu'il reparaîtra, tôt ou tard.

— Madame, l'affaire est beaucoup plus compliquée.

— C'est-à-dire ?

— Je ne peux rien vous dire pour l'instant. Je suis venu vous voir parce que je dois vous poser quelques questions.

— Alors, allez-y.

— Quand vous êtes-vous mariés ?

— Il y a dix-huit ans.

— C'était un mariage d'amour ?

— À l'époque, ça nous paraissait de l'amour.

— Si je me souviens bien, vous avez dit avoir un fils.

— Oui, Michele. Il est au lycée, en terminale.

— Que vous sachiez, son père et lui ont continué à se voir après la séparation ? Je veux dire : à se voir de leur propre volonté, spontanément, en dehors des rencontres fixées officiellement ?

— Jusqu'en première, ils se voyaient assez souvent. Certaines fois, il allait le prendre à la sortie de l'école. Puis Michele n'a plus voulu le voir. Et moi, tout bien pesé, j'en étais contente.

— Pourquoi ?

— Filippo avait été danseur dans sa jeunesse. Vous savez ce que ça signifie chez nous quand on dit que quelqu'un est un danseur ?

— Oui, qu'il est inconstant, changeant, capricieux…

— Vous l'avez dit : inconstant. Il l'était sur n'importe quoi, amitiés, affections… Même dans les petites choses. Il changeait de goût d'un jour à l'autre. La veille il était encore gourmand, que sais-je, de glace et le lendemain il soutenait qu'il n'avait jamais aimé ça. Vivre avec lui était vraiment difficile.

— Quand vous vous êtes mariés, qu'est ce qu'il faisait ?

— Il travaillait à la mairie. Son salaire nous suffisait. Il n'y avait pas de quoi faire des folies mais bon… Il y est resté cinq ans. On aurait dit qu'il s'était rangé.

— Et puis ?

— Et puis le frère de son père, l'oncle Carlo, mourut, et il laissa à lui seul un héritage assez conséquent.

— Pourquoi rien qu'à lui ?

— Filippo ne m'a jamais parlé de cet oncle Carlo, je ne l'ai jamais connu, il n'est même pas venu au mariage.

— Votre ex-mari, il avait combien de frères et sœurs ?

— Deux sœurs. Une, Luciana, gardait le contact avec lui pour lui soutirer de l'argent. L'autre, Elvira, je ne sais rien d'elle.

— En quoi consistait l'héritage ?

— Surtout des immeubles, des boutiques, des entrepôts, une entreprise agricole qui marchait très bien.

— Excusez-moi, mais se pourrait-il que les déplacements continus de votre mari soient dus à ces intérêts économiques ?

Ernestina rit nouvellement.

— Comme si Filippo voulait avoir des problèmes ! Il a tout vendu et mit l'argent à la banque.

— Laquelle ?

— Dans plusieurs. Dans celle que je connaissais, moi, la Banca Cooperativa, nous avions un compte commun, il y avait mis juste ce qu'il fallait pour le budget annuel. Le plus gros de sa fortune, je n'ai jamais su où il le tenait.

— Pourquoi en êtes-vous arrivés à la séparation ?

— Il a commencé à se désintéresser de moi. De la manière la plus totale, vous me comprenez ? Pour lui, je n'étais plus personne. Ou plutôt, j'étais la mère de son fils, comme femme, je n'existais pas. Je crois que depuis ce moment, il a commencé à me tromper, à avoir différentes maîtresses.

— Comment l'avez-vous découvert ?

— Je ne l'ai pas découvert. J'ai dit : je crois. Mais il a commencé à faire les trucs habituels que vous connaissez aussi…

— Je ne suis pas marié, madame.

— Ah. Ben, coups de fil mystérieux, rendez-vous vagues, contradictions, réunions inexistantes. Des choses de ce genre. Jusqu'à ce que je perde la patience et que je le chasse de la maison. Voilà tout.

— Dans l'appartement de Vigàta que vous nous avez indiqué, nous avons trouvé une grosse longue-vue.

Ernestina ne s'amontra pas surprise.

— C'était une de ses manies.

— Il regardait les étoiles ?

Le rire d'Ernestina, cette fois, dura longtemps.

— Vous voulez venir avec moi ?

Elle se leva et le commissaire la suivit dans la chambre à coucher. La fenêtre s'ouvrait sur la cour où donnaient une grande quantité de balcons et de fenêtres petites et grandes.

— Vous l'avez vu, ce film où un homme qui a la jambe cassée passa ses journées à mater ce que font les autres ?

— *Fenêtre sur cour.*

— Mon mari faisait pareil. Moi, je regardais la télévision et, lui, il regardait ce que faisaient les autres.

— Et qu'cst-cc qu'il vous racontait ?

— De quoi ?

— De ce que faisaient les autres dans les autres appartements.

— Ah oui ! Il aurait voulu en parler sans arrêt. La jeune mariée qui recevait son amant chez elle était un de ses personnages préférés. L'autre était le retraité qui allait dans la chambre de sa nièce dès que sa femme s'endormait. Mais vous savez, moi, je ne marchais pas, ce sont des choses qui ne me plaisent pas.

— Madame, je dois vous poser une question difficile. Votre mari, dans ces occasions, il est toujours et uniquement resté dans la position d'observateur ?

Ernestina ne dut pas comprendre la vraie signification de la demande.

— Pourquoi ? Qu'est-ce qu'il pouvait faire d'autre ?

— Vous savez, dans des cas pareils, l'envie d'intervenir, de bouleverser le cours de la vie d'autrui, doit être très forte. Une tentation irrésistible.

Enfin, Ernestina saisit.

— Un chantage, vous voulez dire ?

— Aussi, mais pas seulement. On peut intervenir aussi juste pour s'amuser.

— Comment ?

— Je vous donne un exemple. Je vois que la jeune mariée reçoit son amant à la maison et alors, j'avertis le mari par lettre anonyme et je reste là me régaler de ce qui se passe ensuite.

— Et vous appelez ça s'amuser ?

— Moi, non, madame, mais il y a des gens qui l'appelleraient ainsi.

Ernestina y réfléchit quelques instants, rouvrit la bouche pour parler, la referma, puis, enfin, parla.

— Un chantage, je ne crois pas que Filippo l'aurait jamais fait. Peut-être un jeu méchant. Mais il n'était pas mauvais dans l'âme. Vous ne l'avez pas connu, il était…

— C'est justement parce que je ne le connais pas que je vous pose des questions. Vous étiez en train de dire qu'il était…

— Imprévisible, voilà.

Ils revinrent au salon. Mais Montalbano ne se rassit pas.

— Pardonnez-moi la question, madame. Vous vivez avec ce que vous verse votre ex-mari ou vous travaillez ?

— Je suis vendeuse l'après-midi dans une boutique de vêtements. Et puis j'ai un autre homme. Nous nous marierons dès que j'aurai obtenu le divorce.

C'était dit tranquillement et Montalbano apprécia la sincérité.

— Je n'ai rien d'autre à vous demander. Je vous laisse tranquille. Si par hasard votre ex-mari se manifestait auprès de vous, appelez-moi au commissariat de Vigàta. Vous avez été vraiment aimable.

— Je vous raccompagne.

Montalbano était en train de descendre la première marche et Ernestina de refermer la porte quand il lui vint de poser une question, quelque chose qui était resté en suspens.

— Excusez-moi, madame, mais vous avez dit que votre mari avait deux manies. L'une, c'était la longue-vue. Et l'autre ?

— Les pieds. Il se les soignait sans arrêt.

La foudre paralysa le commissaire. Il resta la moitié du corps tourné, la tête tournée en arrière, le pied gauche soulevé au-dessus de la deuxième marche, la main droite agrippée à la rampe. Il n'arrivait plus à bouger. Mme Ernestina s'inquiéta.

— Commissaire, vous vous sentez bien ? demanda-t-elle en sortant sur le palier.

— Pour… pour…, dit-il.

Enfin, il reprit son souffle et parvint à parler :

— Pourquoi votre mari a-t-il cessé de danser ?

— Un accident. Il s'était déchiré un ligament.

Il s'en fallut de peu que Montalbano ne dégringole de l'escalier.

— Et donc, si Manzella se trouvait depuis cinq jours dedans un puits, le coup de téléphone à Fazio était un piège.

— Putain, t'es toujours plus malin, Mimì !

— Tu m'as dit que Fazio n'y croyait pas, à ce que lui racontait Manzella. Et en fait, tout était vrai.

— Cette conclusion aussi est fantastique, Mimì.

— Salvo, tu sais ce que je te dis ? Je ne parle plus. Tu me fais chier.

— Je te pose une question. Comme ça, tu es obligé de me dire des choses moins crétines. D'après toi, pourquoi est-ce qu'on lui a tiré dans le pied ?

— *À cu*, à qui ?

— À Manzella. Je ne te l'ai pas dit ? Non ? Pour commencer, ils lui ont tiré dans le pied, puis ils l'ont laissé perdre son sang pendant quelques heures et après ils l'ont tué. La question est : pourquoi ?

— Pour le faire parler.

— D'accord, Mimì, mais ce n'est pas ce que je te demande. Pourquoi le pied ? Pour faire parler quelqu'un dans son genre, on lui brûle la main avec une cigarette, ou bien on lui tire dans le genou, dans le bras…

— Peut-être que celui qui l'interrogeait a laissé partir un coup de feu.

— C'est froid, froid, Mimì.

— Peut-être qu'il y tenait à son pied, il avait la manie…

— Tiède, Mimì.

— Parce qu'il avait été danseur !

— Ah ! bravo, Mimì ! Tu vois que quand tu t'y mets, tu adeviens intelligent ? Ils l'ont frappé dans ce à quoi il tenait le plus. Pour l'humilier.

DOUZE

Mimì était perdu dans ses pinsées.

— Qu'est-ce que tu as ?

— Il m'est revenu en mémoire un film que j'ai vu il y a longtemps. Un western. Les bandits tiraient dans le pied d'un type pour… Non, Salvo, ils ne voulaient pas l'humilier, Manzella. Ils voulaient s'amuser avec lui. Lui, il levait la jambe au pied blessé et les autres lui tiraient près du pied en lui disant de danser. Et lui, il sautait… il tournait sur lui-même… il sautait…

Il s'interrompit.

— Salvo, qu'est-ce que tu as ?

Montalbano était devenu affreusement pâle. Tout à coup, était repassée devant ses yeux la danse de mort de la mouette.

— Rin, rin. J'ai eu la tête qui me tournait.

— Dis donc, toi, tu te la mesures, la pression sanguine ?

— Mimì, on était en train de parler d'un tout autre sujet. Continue.

— Et visiblement, comme ça, ils l'ont convaincu de parler, peut-être en lui promettant d'épargner sa vie. Il a dit qu'il avait fait quelques allusions à Fazio et, eux, ils l'ont tué.

— Et puis, ils ont pinsé à liquider Fazio.

— Et maintenant, qu'est-ce qu'on fait ? demanda Augello.

— Deux choses urgentes. La première, c'est qu'il faut mettre Fazio en sécurité. Dans un endroit que personne ne connaît.

— À quoi tu penses ?

— Fais une chose. Va tout de suite, à l'instant, voir le Questeur pour lui raconter l'histoire de Manzella et dis-lui aussi qu'on a déjà tenté d'arriver à Fazio au 'pital de Fiacca.

— Je demande au Questeur de monter un service de surveillance ?

— Non. Je veux qu'il soit transporté dans une de nos infirmeries.

— Oui, mais en attendant ?

— Aujourd'hui, je vais le voir et je reste avec lui le plus longtemps possible. Et puis j'ai parlé avec deux agents de garde, à quelques mètres de la porte de sa chambre. Pour cette nuit, nous pouvons être tranquilles.

— Et la deuxième chose ?

— Tu te rappelles de Rizzica, celui qui était venu nous dire ses soupçons sur l'équipage d'un chalutier ?

— Je m'en souviens très bien.

— Convoque-le pour demain matin à midi. On a perdu du temps. Peut-être qu'il aurait fallu l'entendre avant. Ah, maintenant que j'y pense, il faudrait avertir Mme Ernestina.

— Et qui est-ce ?

— L'ex-femme de Manzella.

— Bouh, quel tracassin ! Elle va se mettre à pleurer, à se désespérer, à moi, ces scènes…

— T'inquiète, Mimì. Ils avaient entamé les démarches pour divorcer et elle a un autre homme qui veut la marier. Tu ne pourrais pas lui donner de meilleure nouvelle. Emmène-la aussi faire la reconnaissance du corps.

— Mais il n'est pas reconnaissable !

— Mimì, d'abord, une femme qui a été mariée avec un homme pendant dix-huit ans, elle l'areconnaît. Et ensuite, à elle, ça lui convient énormément de le reconnaître, *senti a mia*, crois-moi.

— Je vais tout de suite chez le Questeur.

Chez Enzo, il mangea léger. Il sauta les pâtes, ne dégusta qu'un peu de hors-d'œuvre, et trois rougets frits. Il rentra au commissariat que deux heures de l'après-midi étaient à peine passées.

— Catarè, je vais à Fiacca. J'emmène le portable passque je ne rentre pas de la soirée. Si vous avez besoin, appelez. On se voit demain matin.

Il se dirigea vers le parking et croisa Gallo.

— Je suis prêt, *dottore*.

J'y vais tout seul, à Fiacca, merci.

— Mais pourquoi ?! Vous savez, j'ai plus sommeil, cette nuit j'ai bien dormi.

— Tu m'accompagnes demain matin, d'accord ?

Il perdit du temps à ranger la voiture comme il voulait le faire, sur le parking du 'pital : il avait besoin qu'elle soit cachée derrière toutes les autres, presque introuvable. Il prit le pistolet dans la boîte à gants et se le mit dans la poche. Puis il se fit à pied les dix minutes qui le séparaient de l'entrée principale. Il arriva qu'il était quatre heures cinq de l'après-midi. Angela n'était pas aux alentours du balcon et donc, il lui fallait trouver tout seul la chambre de Fazio. Mais cette fois, ça lui fut assez facile parce que devant l'ascenseur au septième étage, il y avait encore deux agents de garde, auxquels il dut montrer sa carte. Deux autres agents étaient devant les portes des gens de l'Antimafia, mais ce n'était pas les mêmes que ceux de la veille. Il frappa légèrement à la porte 14 mais ne reçut aucune réponse. Il frappa plus fort, rin. Alors, il tourna la poignée et entra.

La chambre était vide, le lit refait, des affaires de Fazio, pas trace. Il referma et s'approcha des deux agents, carte à la main.

— Le commissaire Montalbano, je suis. Vous savez si on a emmené ailleurs le patient de la chambre 14 ?

— Oui. Il y a une petite heure. Sur un brancard. Il avait le visage complètement bandé. À côté de lui, il y avait une femme qui lui tenait la main.

Il sentit son cœur se serrer. Tu veux voir que Fazio a eu quelque complication ?

— Où est-ce qu'on l'a transporté ?

— Nous ne savons pas.

La seule chose à faire était d'aller demander des renseignements. Il prit l'ascenseur et descendit au rez-de-chaussée.

— Écoutez, il y a un de mes amis au sixième étage qui..., commença-t-il à dire à la femme la plus âgée.

L'autre l'interrompit.

— Vous êtes le commissaire Montalbano ?

— Oui.

— Le professeur Bartolomeo vous attend.

— Il est dans un état grave ? demanda Montalbano qui acommmençait à avoir des sueurs froides.

— Qui ?

— Mon ami.

— Je n'en sais rien.

— Vous savez où on l'a emmené ?

— Je vous le répète : je n'en sais rien. Parlez avec le professeur…

— Et où est-ce que je vais le trouver ?

— Attendez un instant.

Elle prit le téléphone, murmura, raccrocha.

— Quatrième étage, chambre 1.

Naturellement, il se trompa d'ascenseur, se trompa de couloir, se trompa de chambre. Puis, comme Dieu voulut, il frappa à la bonne porte. Bartolomeo était un élégant sexagénaire de haute taille, l'air cordial, qui se leva derrière son bureau en le voyant entrer.

— Comment va Fazio ? lui lança Montalbano.

— Très bien.

— Et alors, pourquoi…

— Asseyez-vous, commissaire. Je vais tout vous expliquer. Il y a un peu plus d'une heure, Bonetti-Alderighi, qui est un de mes amis, m'a téléphoné. Il m'a expliqué le grave danger auquel était exposé le patient Fazio et m'a prié de l'installer dans un lieu sûr en attendant de pouvoir le transférer dans une de vos infirmeries. Et de tenir le plus possible secret ce transfert. Alors, je suis allé le chercher moi-même, je lui ai entouré le visage de pansements pour le rendre méconnaissable et avec l'aide de sa femme et de l'infirmière qui s'occupait déjà de lui…

— Celle qui est revêche ?

— Oui. S'il y en avait davantage des femmes comme elle ! Avec l'aide de l'épouse et de l'infirmière, disais-je, je l'ai conduit dans une des chambres qui se trouvent sur la terrasse et qui devraient servir, quand elles seront installées, de logements d'accueil. La porte d'accès à la terrasse est fermée à clé et c'est l'infirmière qui a la clé. Ça ne peut pas être mieux ! Naturellement, le Questeur m'a demandé de vous avertir dès votre arrivée.

— Professeur, vous avez été vraiment aimable. Si vous voulez bien m'expliquer comment faire pour arriver à la terrasse…

— J'avertis l'infirmière que vous êtes en train d'arriver pour qu'elle vous ouvre la porte quand vous sonnerez. Pour y arriver, c'est très facile, je vais vous expliquer.

Il le lui expliqua et Montalbano n'y comprit que dalle. Mais il eut honte de demander davantage d'explications, il remercia, dit au revoir et sortit.

« Réfléchissons calmement », se dit-il. « En toute logique, la terrasse doit se trouver au-dessus du dernier étage. Donc, pour y arriver, il faut d'abord rejoindre le sixième étage. C'est-à-dire là où j'étais tout à l'heure. »

Il y arriva facilement, au sixième étage. Les deux agents l'areconnurent et le laissèrent passer. Mais là, les difficultés commencèrent. Au bout d'une demi-heure passée à arpenter tous les couloirs en ouvrant et refermant toutes les portes du sixième étage sous l'œil toujours plus soupçonneux des agents qui commençaient à s'ademander si ce commissaire était un vrai commissaire, il dut admettre l'amère vérité : il n'existait aucun escalier ni ascenseur qui conduise à la terrasse. Il redescendit au rez-de-chaussée pour demander des informations et, aussitôt, vit Angela qui parlait avec un homme. Angela aussi le vit et lui fit signe d'attendre. Puis, ayant dit au revoir à l'homme, elle s'approcha en souriant.

— Comme d'habitude ?

— Eh oui.

— Vous ne savez pas comment arriver au sixième.

— Le fait est que…

Il s'interrompit. Manifestement, Angela ne savait pas que Fazio avait été déplacé. Et il ne pouvait pas le lui dire, moins de gens le savaient et plus Fazio était en sécurité. Et maintenant, comment se sortir de cette situation ? Mais ce fut justement Angela qui lui vint en aide.

— Attendez, il me semble avoir entendu dire que le professeur Bartolomeo l'a fait déplacer.

— Ah oui ?

— Oui.

— Et vous savez où on l'a transféré ?

— Je peux me renseigner. Restez ici.

Il vit Angela s'approcher du comptoir, parler avec la femme âgée, revenir vers lui, toujours souriante.

— Venez avec moi. Comment on fait pour tout à l'heure ?

— Dites-moi, vous.

— Je ne voudrais pas sortir avec vous de l'hôpital.

— À quelle heure avez-vous dit que votre service se termine ?

— À 18 h 30. Pour 18 h 45, au plus tard, je serai prête.

— Écoutez, il m'est venu une idée. Je vous donne tout de suite les clés de ma voiture et le numéro de la plaque. C'est BC 342 ZX. Vous sortez d'ici de votre côté et vous vous mettez dans ma voiture. Moi, peu après, je vous rejoins. D'accord ?

— D'accord. Nous sommes arrivés.

Elle s'était arrêtée devant un ascenseur qui s'atrouvait au fond du sempiternel couloir. Au-dessus de la porte, était écrit : « En panne ! Danger ! »

— Mais il ne marche pas ! fit Montalbano.

— Si, il marche, il marche !

Il appuya sur le bouton et la porte s'ouvrit.

— Ça, dit Angela, c'est l'ascenseur qui conduit directement à la terrasse. Il n'y a qu'une seule porte sur le palier. Vous appuyez sur la sonnette. À tout à l'heure.

Il sonna et aussitôt entendit la voix de la matonne.

— Qui est-ce ?

— Montalbano, je suis.

Le commissaire se sentit examiné dans l'œilleton. Puis la porte s'ouvrit sur un couloir.

— La première à droite, dit la matonne. Dix minutes.

Fazio n'était plus couché. Il avait une espèce de pyjama, des pantoufles et était assis sur un balcon d'où on voyait la mer. On lui avait réduit de moitié ses pansements.

— Et ta femme ?

— Elle vient de partir à l'instant. Vous m'expliquez ce qui se passe ?

— On t'a mis en sécurité.

— Et pourquoi ?

— Tu sais que dans les deux puits on a trouvé deux corps ?

— Deux. Moi, tout ce que je sais, c'est que j'en ai balargué moi-même un dedans.

— Je l'avais compris que c'était toi.

— Oh que oui. Ils me prirent à deux pour me jeter dedans et le type armé posa le pistolet sur le bord. Mais moi, je sais toujours pas comment, je lui donnai une *ammuttuni*, une bourrade de toutes mes forces. L'autre, qui avait la moitié du corps dans le puits, a perdu l'équilibre et il est tombé. Moi, alors, j'ai chopé le pistolet. L'autre, le balafré, il s'échappait, je lui ai tiré dessus mais j'étais trop mal et je touchai pas. C'était un moment épouvantable, vous devez me croire. Je m'arappelais plus qui j'étais, passque je m'atrouvais dans ces parages…

— Ça, on en reparlera un autre jour. Je te disais qu'en te cherchant on a trouvé un premier *catafero*. Ce matin, j'ai compris que c'était celui de ton ami Manzella. Il était là depuis cinq jours.

Fazio blêmit.

— Et donc, vosseigneurie pense qu'ils essaient encore de me tuer, moi aussi ?

— T'en doutes encore ? Le balafré n'est-il pas venu te chercher ici, au 'pital ? Tu pensais qu'il venait prendre des nouvelles de ta santé ? Demain ou après-demain, le Questeur te fera transférer dans une de nos infirmeries, comme ça, nous serons tous plus tranquilles. En attendant, prends-toi ça.

Il lui tendit le pistolet. Fazio le plaça sous l'oreiller.

— Fais attention de pas la montrer à la gardienne. Celle-là, elle te le confisque.

— Après, je le cacherai mieux.

— Je dois te poser une question 'mportante. Donc, réfléchis-y bien avant d'arépondre.

— Allez-y.

— Manzella, par hasard, il t'a dit où il habitait à Vigàta ?

— Oh que oui. Une fois, il voulait que je vienne le retrouver, et il me donna donc l'adresse. Mais ensuite, il changea d'idée. Mais c't'adresse, à l'instant, là, je m'en souviens pas.

— Peut-être via della Forcella ?

Fazio n'eut pas un instant d'hésitation.

— Oh que non, c'était pas ça. C'était… c'était…

— Ne te force pas, ça te reviendra. Tu te l'arappelles le numéro de mon portable ?

— Oh que oui.

— Si ça te revient, appelle-moi n'importe quand, même cette nuit. Et maintenant, calmement, raconte-moi tout exactement, à partir du moment où on t'a tiré dessus et ce qui s'est passé ensuite.

Et Fazio le lui raconta.

Sorti de chez lui avec beaucoup d'avance sur l'horaire convenu avec Manzella, comme il n'avait pas encore mangé quand le coup de fil lui avait été passé, il était allé dans une trattoria et avait pris son temps. Il s'était même fait une partie de *tresette* et de *briscola* avec des amis rencontrés dans le restaurant. Puis, à minuit passé, il était allé au port et avait commencé à faire des allers-retours le long de la jetée centrale du côté des entrepôts frigorifiques. C'était un moment de grosse besogne. Les chalutiers arrivaient, débarquaient la pêche, repartaient, tout comme les camions frigorifiques chargés de poissons. Il se promena à en avoir mal aux jambes mais ne vit pas Manzella. Alors, vers trois heures du matin, alors qu'il y avait peu de monde, il adécida de rentrer chez lui. Arrivé à la hauteur de la cale de halage, il entendit un coup de revorber et une balle l'effleura. Il ne pouvait avancer, il se serait rapproché de celui qui l'avait visé. Alors, il tourna le dos et se mit à courir vers les entrepôts, en s'entendant poursuivi par le tireur.

— Il y avait des gens ?

— Il m'a semblé apercevoir quelqu'un.

— Et personne t'a aidé ?

— Vous voulez galéjer ?

— Continue.

Son 'ntention, reprit Fazio, était d'arriver jusqu'à la pointe du môle et de se protéger dans la maison des pilotes. Mais il n'avait pas eu le temps, passqu'un deuxième coup de feu l'avait frôlé sur l'arrière du cou et qu'il était tombé en se cognant la tête contre une pierre. Il s'était aréveillé un moment dedans un magasin frigorifique qui, toutefois, ne fonctionnait pas.

— Celui de Rizzica.

— Je l'aconnais pas.

— Moi, je le connais. Continue.

Après, il s'était aréveillé nouvellement au fond d'une barque, ils le déplaçaient certainement du môle du ponant à celui du levant.

— Je n'ai pas compris pourquoi ils m'ont mis dans une barque.

— Je vais t'expliquer. Dans le coffre d'une voiture, ça aurait été dangereux. Parfois, les gardes des Finances les font ouvrir.

Puis il avait compris qu'il était dedans une voiture. Ensuite, ils l'avaient réveillé à coups de mornifle et l'avaient fait marcher à pied. Ils étaient deux.

Quand ils étaient arrivés devant un abreuvoir, l'un d'eux, en lui balançant des coups de poing, voulait savoir ce que lui avait dit Manzella. Mais lui, il ne s'arappelait même pas qui c'était, ce Manzella. À la vérité, il ne s'arappelait même pas qui il était, lui, Fazio. À la fin, ils l'avaient mené près d'un puits avec l'intention de le jeter dedans. Quand l'autre s'était enfui après que Fazio lui avait tiré dessus, il avait entendu le bruit de la voiture qui démarrait. Il s'était mis à marcher sans savoir où aller et ensuite avait trouvé un tunnel. Il y était entré mais au bout d'un moment, avait entendu arriver une voiture. C'était certainement l'autre qui le poursuivait. Et il lui avait tiré dessus. Puis il s'était aréveillé au 'pital.

— Personne ne te poursuivait en voiture dans le tunnel.

— Je vous jure que…

— La voiture dedans le tunnel, c'était la voiture de patrouille, avec Gallo qui conduisait et moi à côté.

— Alors, c'est sur vous que j'ai tiré ?

— Exactement. Mais par chance, t'étais pas en forme et tu nous as pas touchés.

— Sainte Mère ! s'exclama Fazio. J'aurais pu vous tuer !

La porte se rouvrit, surgit la matonne, la kapo.

— Terminé.

— Dès que tu te souviens, téléphone-moi cette adresse, je compte sur toi.

Dedans l'ascenseur, il mata sa montre. Entre une chose et l'autre, il s'était fait presque 6 heures. Au rez-de-chaussée, il y avait le bar. Il s'assit à une table ; à présent l'heure des visites était passée et il n'y avait plus pirsonne.

— Vous prenez quelque chose ? demanda le barman, avant d'ajouter : Dans une demi-heure, on ferme.

Visiblement, le serveur aussi était parti.

— Oui, un J&B sans glace.

Il alla se le prendre, se l'emmena à table et le but à petites gorgées, pour faire passer le temps. À la troisième gorgée, il se sentit assailli par une espèce de mélancolie.

« Si tu te sens pas, tu te fais appeler Angela au téléphone, tu lui inventes une excuse quelconque et tu t'en retournes à Vigàta », dit Montalbano n° 2.

« Ça n'a rien à voir avec Angela, ou ça a à voir pour très peu », dit Montalbano n° 1.

« À d'autres ! Angela est la première cause de ta mélancolie. Et tu le sais très bien ! » rétorqua Montalbano n° 2.

À 6 h 29, il paya et sortit. Il se mit à aller et venir en fumant trois cigarettes l'une après l'autre. Puis il se dirigea lentement vers le parking à moitié vide, de sorte que sa voiture qu'il avait mise derrière d'autres était maintenant à découvert. Il lui sembla n'apercevoir personne à l'intérieur, mais quand il fut à distance rapprochée, il nota un reflet des cheveux dorés d'Angela. Elle était à la place du passager penchée complètement en avant pour ne pas faire voir son visage.

— Tutoie-moi.
— Alors, toi aussi, tutoic-moi.
— Vous devez m'excuser, mais je ne me sens pas de vous tutoyer.
— Pourquoi ?
— Il y a trop de différence de…
— D'âge ?
— Non ! Qu'est-ce que vous dites ! Je voulais dire qu'il y a trop de différence de… de position, voilà.
— Position sociale, tu veux dire ?
— Exactement.
— T'as l'impression que ça compte ?
— Et bien sûr que ça compte !
— Écoute, Angela, imagine que je sois un de tes patients, très malade, tu me tutoierais ou tu me vouvoierais ?
— Ben… peut-être que je te tutoierais.
— Tu vois ? Imagine que je sois un de tes patients à l'article de la mort.
Angela rit.
— Tu m'as convaincue. Mais ne te mets pas en tête que j'ai envie de jouer au docteur avec toi.
Elle le dit, à moitié sérieuse et à moitié en galéjant. Cette fois, ce fut Montalbano qui rit.

TREIZE

— Tu as des problèmes pour le dîner ?
— En quel sens ?
— Tu manges de tout ou tu fais un régime ?
— Je mange de tout et j'ai toujours très bon appétit.
— Tu aimes le poisson ?
— Beaucoup.
— Ça te dérange si je fume ?
— Non. Donne-m'en une à moi aussi.

— Demain matin, à quelle heure tu embauches ?
— J'ai le service après-midi-soirée.
— Donc, tu peux te coucher tard.
— Certainement.
Et elle eut un très léger sourire.

— Il me semble avoir compris que tu n'as pas de fiancé.
— J'en ai eu un jusqu'à il y a quelques jours.
Elle le dit d'un ton qui fit dresser l'oreille à Montalbano.
— Il t'a quittée ou c'est toi qui l'as quitté ?

— C'est lui.

— Comment se permet-il ?

— Je ne comprends pas.

— Il faut vraiment avoir du culot pour quitter une fille comme toi. Tu en étais amoureuse ?

— Oui.

— Mais lui, il ne l'était pas de toi.

— Non, lui aussi, il l'était !

— Et alors, pourquoi vous êtes-vous quittés ?

Manifestement, ce n'était pas un sujet qui lui plaisait, Montalbano comprit avoir repéré un point faible.

— Ça ne dépend pas toujours…

— Continue.

— Ça ne dépend pas toujours de notre volonté.

Il fallait insister.

— Tu veux dire qu'il a été d'une manière ou d'une autre obligé de te quitter ?

— Oui.

— Tu ne peux pas t'arranger pour qu'il change d'avis ?

— Il ne peut plus changer d'avis.

— Tu n'as qu'à insister !

— Mais tu ne veux pas comprendre que…

Elle le dit sur un ton désespéré. Il avait mis dans le mille. Mais il fit en sorte de lui donner l'impression de s'être trompé de cible.

— Il s'est marié avec une autre ?

— Si seulement ! S'il te plaît, changeons de sujet.

— Mais tu pleures ! Excuse-moi, je ne pensais pas que…

Un vrai fumier, il était. Il l'avait poussée dans ses retranchements jusqu'à la faire pleurer et, maintenant, il faisait semblant de ne pas avoir pinsé aux conséquences de ses questions.

— Où est-ce que tu m'emmènes ?

— Dans un restaurant du bord de mer où on sert une telle quantité de hors-d'œuvre de poissons que je te conseille de sauter les pâtes.

— Quelle merveille ! Combien de temps il faut encore ?

— Dans une demi-heure, on y sera.

— C'est près de chez toi ?

— À dix minutes.

— Tu as une belle maison ?

— C'est l'emplacement qui est beau. Il y a une véranda qui donne sur la plage où je passe des heures.

— Tu m'emmènes la voir, ensuite ?

— Si tu veux.

— Tu m'offriras un whisky sur la véranda.

— Je suis désolée pour ton ami, mais je suis contente que ça nous ait donné l'occasion de nous rencontrer. Comment il va ?

— Son état s'améliore à vue d'œil.

À toi la balle, Angela.

— On m'a dit qu'il a perdu la mémoire, c'est vrai ?

Comme premier coup de la partie, c'cst bicn.

— Malheureusement, oui.

C'est à toi de nouveau de jouer, Angela.

— Il la récupère ?

Tir tendu, précis.

— C'est le problème.

— En quel sens ?

— Il commence à se rappeler. Mais confusément et avec beaucoup de lenteur. Imagine-toi qu'il n'a pas encore réussi à comprendre pourquoi il se trouvait au port quand on lui a tiré dessus.

— Le pauvre ! Et alors, de quoi parlez-vous quand tu vas le voir.

— Du peu, du très peu dont il se souvient. Sa mémoire fonctionne de manière étrange. Il se rappelle des gestes, des situations mais il a perdu les visages des personnes et leurs noms.

— Qu'est-ce qu'il en dit, le professeur Bartolomeo ?

— Qu'il faudra beaucoup de temps.

— Pourquoi est-ce qu'il l'a fait transférer sur la terrasse ?

Erreur. Question que tu n'aurais pas dû poser, Angela.

— Le Questeur lui a demandé de protéger mon ami au maximum. Il craint que quelqu'un puisse attenter à sa vie.

— Mais il ne se rappelle rien !

Excellente, l'intonation de stupeur.

— Eh oui, mais le problème, c'est que les autres, ceux qui veulent le tuer, ne le savent pas.

— Oh, c'est très beau, ici ! Mettons-nous le plus près possible de la mer.

— Dis-moi, je te fais pas un drôle d'effet ?

— Pourquoi ?

— Je mange comme une… Mais je ne peux pas résister à ces hors-d'œuvre.

— Moi, j'aime les femmes qui mangent. Je demande une autre bouteille ?

— Oui.

— … et à l'hôpital, je ne te dis pas ! Écoute, il y avait un médecin, aux urgences, heureusement qu'il est parti, maintenant, parce qu'il ne me laissait pas un moment tranquille ! Imagine-toi qu'une fois, il m'a agrippée à l'improviste devant un moribond… disait que la situation l'excitait… Et un jour, un patient en convalescence, un président de tribunal, pendant que j'étais penchée…

— Non, je voulais pas être infirmière, je voulais passer le diplôme de médecin, mais mon père est mort, sa retraite suffisait à peine pour ma mère et pour moi et alors… Je te l'ai dit, non ? que souvent, on ne peut pas toujours faire ce qu'on veut…

— Et tu l'as fait souvent ?

Le jeu dur commence, Angelì.

— Quoi ?

Tu le sais très bien, tu veux juste gagner du temps.

— Ce que tu n'avais pas envie de faire.

— Ben, quelquefois.

— Et est-ce qu'il t'est jamais arrivé de faire une chose contre ta volonté mais qui, à la fin, s'est révélée agréable ?

Elle ne répliqua pas tout de suite. Elle avait compris que sa réponse était importante.

— Deux ou trois fois.

Passons à l'attaque directe.

— Et ce soir ?

— Je ne comprends pas.

Tu veux encore gagner du temps, Angela ?

— Tu penses que ça finira de manière agréable ?

— Je pourrai te dire quand ce sera fini.

Elle ne riait plus depuis un moment. Et elle continua :

— Mais pour l'instant, tout est très agréable.

Montalbano ne rouvrit plus la bouche. Ce fut elle qui reprit :

— De toute façon, personne ne m'a obligée à venir.

Précision arrivée un peu en dehors des temps.

— Tu veux qu'on y aille ?

— Oui.

— Je te raccompagne à Fiacca ?

— Non.

— Tu veux venir chez moi ?

— Oui.

Montalbano mit le moteur en route, mais ne partit pas tout de suite. Il se pencha pour regarder à l'intérieur de la voiture comme s'il avait perdu querque chose.

— Qu'est-ce que tu cherches ?

— Il me semblait que…

Et il partit sur les chapeaux de roues, au point qu'Angela fut plaquée contre le dossier. Dans le rétroviseur, le commissaire vit que la voiture métallisée qui les suivait depuis qu'ils étaient partis de Fiacca s'était dépêchée de sortir du parking et de les suivre. Tout cadrait. Il commença à ralentir.

À la hauteur de l'Escalier des Turcs, il ralentit encore plus. Maintenant, il allait plus ou moins à vingt à l'heure et de chaque voiture qui le dépassait arrivaient régulièrement des gros mots à son adresse. Le pauvre véhicule métallisé, qui avait un moteur puissant, souffrait beaucoup de le suivre en gardant cette allure. Angela avait la tête tournée vers la mer et ne disait plus un mot. Tout à coup, Montalbano leva la main droite du volant et la posa sur la cuisse gauche de la fille. Laquelle ne bougea pas. Au bout de quelques instants, la main bougea, alla se glisser entre les jambes qu'Angela gardait serrées. Cette fois non plus, elle ne broncha pas.

Dès qu'ils furent entrés dans la maison, sans mot dire, Montalbano la prit des deux mains à la taille et la serra contre lui. Elle ne rendit pas l'étreinte, mais laissa son corps se coller à celui de l'homme.

Mais comme Montalbano cherchait ses lèvres, elle écarta brusquement la tête.

— Tu ne veux pas que je t'embrasse ?

— Oui, mais pas sur la bouche, s'il te plaît.

— Comme tu veux, dit Montalbano en commençant à lui caresser les seins.

Au bout d'un instant, elle demanda :

— Tu me donnes ce whisky sur la véranda.

— Je resterais assise comme ça toute la nuit.

Elle en était au deuxième whisky. Assise sur le petit banc, à côté de Montalbano, elle tenait la tête appuyée contre l'épaule de celui-ci. Il y avait une mer d'étoiles comme le commissaire en avait rarement vu, le ciel était net, briqué de neuf. Un homme portant chapeau était passé peu avant en marchant très lentement sur le bord de mer. Eux deux, de la véranda, étaient éclairés comme des acteurs sur une scène et pourtant l'homme n'avait jamais tourné la tête de leur côté.

« T'es un crétin », pinsa Montalbano, « n'importe quel passant normal nous aurait matés. »

Était-ce celui qui conduisait la voiture métallisée ou bien celui qui se tenait à ses côtés ?

— On entre ?

— Je peux avoir avant un autre whisky ?

— Le troisième ? Non. Après le vin que tu as bu au dîner, tu serais bourrée.

— Et que t'importe ?

— Je n'aime pas faire l'amour avec une femme saoule.

Angela poussa un long soupir.

— Bon, d'accord, rentrons.

Tandis qu'ils se levaient, un deuxième homme, sans chapeau, passa au bord de l'eau. Quelle circulation il y avait, cette nuit, sur la plage ! Mais le deuxième, à la différence du premier, s'arrêta et les regarda.

— Là, il y a la chambre à coucher, et là la salle de bains.

Il entendit sonner le portable qu'il avait laissé sur la table de la salle à manger.

— Je vais répondre. Toi, pendant ce temps, déshabille-toi.

D'une main, il lui caressa les fesses puis sortit.

Pour répondre, il alla sur la véranda.

— Allô ?

— *Dottore*, c'est Fazio.

— À cette heure ?

— *Dottore*, vous m'avez dit que je pouvais vous appeler à n'importe quelle heure.

— Mais je le disais pour toi ! Comment ça se fait que tu ne dormes pas ?

— J'ai une insomnie.

— Bon, qu'est-ce que tu voulais me dire ?

— Je me suis arappelé l'adresse de Manzella. 22, via Bixio.

— Merci. Essaie de dormir.

L'homme sur la plage était encore immobile, à le fixer. Montalbano éteignit la lumière extérieure et ferma la porte-fenêtre.

Elle ne s'était pas déshabillée. Elle était assise sur le bord du lit et fixait la pointe de ses chaussures.

— Tu préfères que je te déshabille, moi ?

— Tu ne te mets pas en colère si je te dis quelque chose ?

— Dis-le.

— Je n'en ai plus envie.

— Très bien, je t'appelle un taxi.

Elle fut stupéfaite. Elle ne s'attendait pas à ce que Montalbano lâche sa proie aussi facilement. Puis elle se reprit et dit :

— Je peux rester encore un petit peu ici ?

Elle ne pouvait pas sortir trop vite. Aux yeux de ceux qui l'attendaient, cela signifierait qu'elle avait échoué.

— Ici, non. Retournons dans la véranda.

— Non. Dehors, j'ai froid.

S'asseoir sur la véranda, avec le type qui observait, signifiait qu'elle n'avait pas aréussi à rien obtenir.

— Écoute, si on reste dans la chambre, pour moi, la situation devient toujours plus difficile. Tu me comprends ?

— Oui, mais…

— On peut se mettre d'accord.

— Et comment ?

Courage, Montalbà. Dis-le. Plus tu seras vulgaire et plus vite la petite s'effondrera.

— Tu me fais une petite gâterie avec la bouche et je te laisse partir.

— Non !

— Tu peux m'expliquer pourquoi tu as toujours été si disponible ; au passage, c'est toi qui me l'as proposé de venir ici, et maintenant…

Encore plus vulgaire, Montalbà.

— … et maintenant, tu ne veux pas baisser ta culotte et écarter les jambes ?

Elle sursauta, se mit une main sur la joue gauche, comme si elle y avait pris une mornifle.

— L'envie m'a passé, je te l'ai dit.

L'excuse est faible, Angelì. *Ma facemu finta*, faisons semblant qu'elle tienne.

— Écoute, faisons comme ça. Je te raccompagne, moi, à Fiacca.

— Maintenant ?

— Maintenant.

— Ce ne serait pas possible d'ici… une petite heure ?

— Le temps nécessaire pour faire croire qu'on a tiré un coup ?

Elle bondit sur ses pieds.

— Mais qu'est-ce que tu racontes ? À qui je devrais le faire croire ?

— Assieds-toi.

— Non.

Il la prit par un bras et la balargua sur le lit. Elle se releva à moitié, en se tenant sur ses bras tendus et ses poings serrés.

— Maintenant, je vais employer la manière forte. Ou tu marches, ou je te fais marcher.

— Je t'en prie…

— T'as bu et mangé à mes frais et maintenant tu me sors que l'envie t'a passé ? Tu pensais pouvoir me prendre pour un con ? *Il vicchiareddro me lo joco come voglio*, le petit vieux, j'en fais ce que j'en veux ! Tu pensais ça, hé, *buttaneddra*, petite pute ? Tu t'es bien plantée et je vais te faire voir, moi !

Plus que par le ton, ce dut être le passage soudain au dialecte qui dut effrayer Angela. Elle le mata comme si elle le voyait pour la première fois.

— Je te… je te croyais différent.

— *Mali facisti* ! Tu as mal fait !

Avec fureur, en un tournevire, il retira veste et chemise, restant torse nu. Il se sentait ridicule, et l'était probablement, il avait honte de ce qu'il était en train de faire, mais le théâtre devait continuer aussi longtemps qu'elle tenait le coup.

— Enlève-toi le chemisier et le soutien-gorge.

Elle, sans sortir du lit, obéit. Un instant, Montalbano se perdit dans la contemplation des splendides seins de la petiote.

— Maintenant, *'u resto*, le reste, allez !

Elle descendit du lit, se mit debout et, lui tournant le dos, baissa son pantalon.

Un instant, Montalbano se sentit le frère jumeau de saint Antoine.

— La culotte aussi.

Dès qu'elle la baissa, Montalbano se plaça derrière elle, baissa la fermeture à glissière de son pantalon le plus bruyamment possible et puis agrippa Angela aux hanches.

— Penche-toi.

Elle s'appuya au dossier de la chaise. Il la sentait frissonner tout entière sous ses mains, puis elle fit un son étrange avec la bouche, comme si elle avait eu une nausée et qu'elle s'était retenue de vomir.

— Rhabille-toi, dit-il en allant s'asseoir au bord du lit.

Tandis qu'elle se remettait le pantalon, le commissaire fixait ses épaules secouées par les sanglots.

— On arrête ça et on parle sérieusement ?

— Oui, dit Angela en reniflant comme une minotte.

— J'ai compris qu'il y avait quelque chose qui ne tournait pas rond dès notre première rencontre. Tu as fait une grossière erreur.

— Laquelle ?

— Tu vois, Angela, tu m'as demandé qui je cherchais. Et moi, je t'ai répondu que je voulais aller trouver un ami qu'on avait opéré à la tête et qui s'appelait Fazio. Alors, tu m'as conduit tout de suite au quatrième.

— Et où est-ce que je devais te conduire ? Tu sais comment sont organisés les hôpitaux ? Par services. Si toi, tu me dis que ton ami a été blessé à la tête, je sais déjà qu'il est hospitalisé au quatrième, dans le service du professeur Bartolomeo !

— Tout à fait exact. Mais comment tu faisais pour savoir qu'il était à la chambre 6 ? Tu n'as rien demandé à personne, tu m'as conduit directement à la bonne porte ! Ou bien tu veux me faire croire que tu connais par cœur l'endroit où se trouve chacun des trois cents patients de l'hôpital ?

La jeune femme se mordit les lèvres et ne répondit rien.

Ils étaient assis dans la salle à manger, derrière les portes-fenêtres fermées.

Angela était allée dans la salle de bains et s'était un peu rafraîchie. Et le commissaire avait remis sa chemise et lui aussi était allé se laver le visage. La scène qu'il avait jouée l'avait fait transpirer.

— Le même jour, l'après-midi, je suis revenu avec ma voiture et non celle de service, comme j'avais fait dans la matinée. Mais toi, tu savais que j'étais venu avec ma voiture. Tu y as fait allusion quand nous avons décidé comment venir à Vigàta. Comment tu le savais ? Le parking est loin de l'hôpital, on ne le voit pas des fenêtres, quelqu'un t'avait donc renseignée. C'est ça ?

Angela fit signe que oui de la tête.

— Autre erreur : l'employée âgée du comptoir de réception ne savait absolument pas où Fazio avait été transféré. Toi, sous mes yeux, tu es allée te renseigner auprès d'elle et tu es revenue pour me conduire jusqu'à l'ascenseur qui menait à la terrasse. Donc, tu savais déjà où on avait déplacé Fazio, mais tu as fait un peu de comédie pour me convaincre que l'information t'avait été donnée par l'employée âgée. C'est ça ?

— Oui.

— Dernière erreur, plus grave que les autres. Quand je t'ai donné les clés de ma voiture que j'avais mise à un endroit difficile à trouver, je t'ai donné un numéro de plaque complètement différent de celui qu'elle a. En arrivant, je t'y ai trouvée dedans. Signe que tu connaissais si bien ma voiture à travers la description qu'on t'en avait fait, que tu n'as même pas regardé la plaque.

Montalbano se versa un peu de whisky.

— Donne-m'en un peu à moi aussi, je t'assure que je ne suis plus en état de me saouler.

Le commissaire lui en versa.

— Comment ils ont fait pour t'entraîner dans cette histoire ?

Elle se prit la tête entre les mains et ne répondit pas.

QUATORZE

— *Tu sì 'na brava picciotta, 'nni sugnu sicuru*, tu es une brave petite, j'en suis sûr. Tu veux que je te raconte, moi, comment ils ont fait ?

— Tu ne peux pas le savoir.

— J'essaie de deviner. Suffit que tu me dises oui ou non avec la tête. Tu as perdu ton fiancé passqu'il est mort, jeté dedans un puits ?

Avec un mouvement brusque en arrière, elle écarquilla les yeux, blêmit, murmura à grand-peine quelque chose, mais le commissaire n'acomprit rin. La surprise avait coupé le souffle à la jeune femme. Elle essaya nouvellement de parler.

— Mais… co… comment tu as…

— Ne t'inquiète pas, tu m'as répondu. Et alors, je peux poursuivre. Un ami de ton fiancé est venu te le dire, un type qui besogne toujours avec lui, un type qui a le visage balafré. Il t'a raconté que c'est Fazio qui l'a tué et qu'ils voulaient le venger. Et que c'était ton devoir de participer à la vendetta. Il suffisait que tu lui dises à quel étage s'atrouvait Fazio et le numéro de sa chambre. Et tu as dit oui.

— Mais…

— Je sais, tu n'as dit que l'étage et pas le numéro de la chambre. Tu t'es ravisée, pas vrai ?

— Oui, je ne voulais pas qu'il le… Dans un premier temps, j'étais furieuse et désespérée, et puis j'ai pinsé que cet homme n'avait fait que son devoir.

— Tu le savais, que ton fiancé… comment il s'appelait ?

— *Come a mia*, comme moi, Angelo. Angelo Sorrentino.

— … que ton fiancé faisait ce qu'il faisait ?

— Lui, il ne m'en a jamais parlé. Mais moi, depuis quelques mois, j'avais acommencé à le soupçonner.

— Comment s'appelle le balafré ?

— Vittorio Carmona.

— *È ccà fora*, il est là, dehors, dans l'auto ?

— Oui.

— Et celui qui est avec lui, qui est-ce ?

— Je ne sais pas.

— Après, tu as dit à Carmona que tu ne voulais plus rien savoir de cette histoire, et lui, il t'a fait chanter. C'est ça ?

— Oui, mais il a répliqué qu'il écrirait une lettre dans laquelle il raconterait que c'était moi qui l'avais fait entrer au 'pital, passque j'étais la fiancée d'Angelo. Et que si ça ne suffisait pas, il me tuerait.

— Qu'est-ce qu'ils t'ont ordonné de faire ce soir avec moi ?

— De coucher avec toi et de te faire parler.

— Qu'est-ce qu'ils voulaient savoir ?

— Qu'est-ce que se rappelait Fazio et s'il avait donné des noms.

— Mais je te l'ai déjà donnée au restaurant, la réponse, et donc il était inutile que tu couches avec moi.

— Non. Tu te trompes. Ce n'était pas pour ça.

— Alors, pourquoi ?

— Tout à coup, j'ai pensé à Angelo. Et je n'ai pas pu. Et puis…

— … tu as vu que tu ne pouvais pas jouer le rôle de Judas.

Elle n'arépondit pas, son menton tremblait.

— Parle, allez.

— J'ai honte.

— Alors, je vais te le dire, moi. Ils voulaient que tu fasses en sorte que je m'attache à toi, à ton corps, et que la relation continue pour connaître, à travers toi, les mouvements de la police.

— Je devais faire la radasse à fond. Et maintenant, qu'est-ce que je leur dis ? Carmona va me tuer.

— Tu leur diras ce que je vais te dire. Écoute-moi bien.

Il se pointa vers 9 heures au commissariat, mort de sommeil. À 4 heures du matin, Angela et lui étaient sortis de sa maison en se tenant par la main et, à l'intention d'éventuels spectateurs-surveillants, avant de monter en voiture, ils s'étaient longuement embrassés en s'étreignant très fort. Comme deux amants auxquels la nuit passée ensemble n'avait pas suffi. Mais, à sentir les lèvres d'Angela sur les siennes, Montalbano avait compris que ce baiser n'était pas qu'une comédie, qu'il y avait la chaleur de la gratitude et de l'affection. Il avait senti son sang bouillonner et sa tête tourner.

Il lui avait volontiers cédé le volant, passqu'après ce baiser, il lui était revenu à l'esprit la poitrine nue de la jeune femme et, bon, il valait mieux pas.

Il aurait pris toutes les lignes droites pour des virages. Les rues étaient vides, Angela conduisait bien et fonçait. La voiture métallisée ne les suivait plus. À un moment, ils avaient dû s'en aller, persuadés qu'Angela et lui étaient en train de s'ébattre dans le lit. Mais il fallut quand même une heure et quart à la jeune femme pour parvenir à destination. Le retour, en revanche, le commissaire le fit en une heure cinquante. Revenu à Marinella, il avait pris une douche si longue qu'il avait bien failli utiliser toute l'eau et puis il s'était bu cinq cafés à la file.

Il n'eut pas le temps de finir de se garer que la voix d'un Catarella très agité lui parvenait.

— Ah, *dottori dottori* ! Ah, *dottori* ! lançait-il en courant vers la voiture.

Ça devait être sérieux. Montalbano ne prit pas la peine de sortir de son véhicule.

— Sainte Marie, depuis le temps qu'on vous appelle ! Ma vosseigneurie avait le téléphone débranché et le portable éteint !

— Oui, bon, qu'est-ce qui se passe ?

— 'ne femme, ils ont tuée !

— Le *dottore* Augello est sur les lieux ?

— Oh que oui, *dottori*. C'est lui-même pirsonnellement en pirsonne qui me dit d'y vous dire à vosseigneurie en pirsonne pirsonnellement que vous deviez à peine que vous arriviez l'arejoindre urgentellement ! Comme ça, il me dit de vous dire !

— Donne-moi l'adresse.

Catarella fouilla ses poches.

— Je me l'écrivis sur un bout de papier que j'atrouve pas. Ah, le voilà ! Mais je lis pas bien. Il s'agirerait du 13 de la via della Forchella ou de la Forchetta.

Ce devait être via della Forcella.

— J'y vais tout d…

Il s'arrêta d'un coup. Il lui était revenu à l'esprit qui habitait dans cette rue.

Il arriva que c'était le *burdellu*, le bordel. Une trentaine de pirsonnes devant l'entrée étaient tenues à distance par les blasphèmes et les jurons des gardes municipaux, les télévisions, les journalistes. Tous les balcons de l'immeuble grouillaient de gens penchés et excités. Il s'arrêta, descendit, se fraya un chemin à coups de bourrade et de gros mots. Un journaliste l'agrippa par un bras.

— Dites-nous ce que vous en pensez !

— Et vous ?

L'autre fut pris au dépourvu et Montalbano put poursuivre. Le *catafero* était à moitié hors de l'entrée, c'étaient les pieds qui prenaient l'air, mal cachés par un drap ensanglanté. Galluzzo s'aprécipita à sa rencontre.

— La morte est la concierge de l'immeuble. Elle avait 54 ans et s'appelait Verruso Matilde.

— Comment on l'a tuée ?

— Tôt ce matin, dès qu'elle a ouvert la grande porte, on lui a tiré dessus depuis une voiture qui a filé tout de suite après.

— Il y a des témoins ?

— Un type qui habite au troisième. Il était assis devant la grande fenêtre et…

— Je l'interrogerai après. Augello, il est où ?

— Dedans.

Il fit trois pas et revint en arrière.

— Mais si on lui a tiré dessus tôt ce matin, pourquoi le *catafero* est-il encore là ?

— Passque presque en même temps que cette pauvre femme, on a tué le maire de Galotta et tout le monde s'est précipité là-bas. Mais d'ici un quart d'heure, maximum, ils arrivent.

Bien sûr. La politique a ses priorités. Il entra chez la concierge. On entendait quelqu'un ronfler.

— Qui c'est qui dort ? demanda-t-il à Mimì.

— Le mari. Il est ivre mort.

— Écoute, où est-ce que je pourrais trouver la clé de l'appartement de Manzella ?

— Inutile que tu y ailles. J'y suis déjà allé. J'ai eu la même idée.

— Et alors ?

— Plus trace de la longue-vue dont tu m'avais parlé et plus de jumelles. On les a emportées.

— Et quand ?

— Qu'est-ce que tu veux dire ?

— Mimì, raisonne. Si ceux qui lui ont tiré dessus se sont enfuis tout de suite, ça ne peut pas être eux qui les ont prises. Et ils ne peuvent pas non plus l'avoir fait après le meurtre. La longue-vue et les jumelles ont disparu en premier. C'est clair ?

— Très clair.

— Je veux parler avec le témoin.

— M. Catafalmo ? Troisième, appartement 12. Mais en résumé, il n'a rien vu.

— Je veux lui parler quand même.

Montalbano dut sonner longtemps. M. Catalfamo devait certainement se trouver sur le balcon et n'entendait pas la sonnette. Puis, finalement, il s'adécida à venir ouvrir. Une solide bouffée de puanteur d'ail profita de l'occasion pour sortir de l'appartement.

— Le commissaire Montalbano, je suis.

— Et moi, je suis Catalfamo Eugenio, retraité, veuf sans enfants, 78 ans. Entrez, entrez.

— Mais non, M. Catalfamo, je dois juste vous poser une question.

— Entrez toujours.

Il avait envie de parler avec quelqu'un, le malheureux. Mais combien de temps le commissaire pourrait-il tenir en apnée ?

— Bon, d'accord, merci.

Il entra. L'appartement ressemblait comme deux gouttes d'eau à celui de Manzella.

Il y avait deux chaises autour d'une petite table, Catalfamo lui en tendit une.

— Assoyez-vous. Vous prenez querque chose ?

— Rien, merci.

Il n'y tint plus. De sa poche, il tira un mouchoir et se le mit devant le nez.

— Excusez-moi, je suis enrhumé. Je voulais seulement savoir si vous l'avez bien vue.

— Une bonne vue, j'ai.

— Félicitations. Si vous avez vu la voiture depuis laquelle on a tiré.

— Bien sûr que je la vis ! Elle arriva un peu moins d'une minute avant que la pauvre Mme Matilde rouvre la grande porte. Pas le temps de faire un bis, ils lui donnèrent ! Peuchère ! Ils tirèrent et s'enfuirent !

Mais pourquoi la pauvre Mme Matilde aurait-elle dû faire un bis ?

— Vous vous souvenez du numéro de la plaque ?

— Je n'y fis pas attention.

— Et la couleur ?

— Bleu métallisé, elle était. Une grosse voiture.

Il s'y attendait à cette réponse. Après avoir été de garde à Marinella, à 7 heures du matin, Vittorio Carmona et son complice étaient venus faire ce petit boulot matinal. Mais il y avait quelque chose que le retraité avait dit qui le tracassait.

— Excusez-moi, monsieur Catalfamo, vous m'avez dit quelque chose à propos de la pauvre concierge et de la grande porte ouverte que je n'ai pas bien compris.

— Monsieur le commissaire, moi, je dors trois heures par nuit.

— Eh ben, ça arrive.

— Si la journée est belle, je me mets au balcon à 4 heures du matin.

— Et qu'est-ce que vous avez vu ?

— Ce matin, qu'il n'était pas encore 5 heures, arriva une fourgonnette couverte qui s'arrêta devant la grande porte. Un homme en descendit qui sonna à l'interphone. Moi, j'étais penché à l'extérieur et je voyais bien. Je voulais voir à qui il avait appelé. Au bout d'un moment, la porte s'ouvrit et Mme Matilde sortit et parla avec lui. Pendant qu'ils parlaient, de la maison sortit M. Di Mattia qui besogne à Ravanusa et qui doit partir tôt. Ensuite, l'homme entra et ressortit avec une grosse longue-vue qu'il mit dedans la fourgonnette. Mme Matilde lui tendit aussi un paquet. L'homme le prit, partit, et la concierge referma la porte.

— Il habite à quel étage, M. Di Mattia ?
— Au quatrième, il y a sûrement sa femme chez eux.

— Madame Di Mattia ?
— Oui.
— Le commissaire Montalbano, je suis.
— Entrez. Mais mon mari n'est pas là. Il est allé à besogner à…
— Ravanusa, je sais. Votre mari a un portable ?
— Oh que oui.
— Vous me donnez le numéro ?

Il descendit dans la loge. L'homme qui dormait ronflait encore plus fort. Mimì était assis à la table et avait quelques papiers devant lui.
— J'ai jeté un coup d'œil et j'ai découvert un truc intéressant.
— Quoi ?
— Que la concierge avait déposé cinq mille euros à la banque, il y a quatre jours. C'est pas bizarre ?
— Écoute, Mimì, il faut qu'on prenne le temps de parler. Il y a pas mal de neuf. Toi, tu attends ici que tout le tracassin du proc', du docteur et de la Scientifique arrive, et puis ensuite, on se verra au commissariat.
— Tu peux m'en dire un mot de ce qu'il y a de neuf ?
— Mieux vaut en parler calmement.
— Et maintenant, où tu vas ?
— Je te le dis pas passque sinon tu vas m'envier. Pour quelle heure tu as convoqué Rizzica ?
— Je lui avais dit de venir vers midi mais il avait sa matinée prise. Il vient cet après-midi pour 4 heures.

Il traversa la cohue en jurant, un type de la télévision tenta de l'arrêter mais il l'envoya se faire foutre, monta en voiture, partit. Il s'arrêta dans une traverse étroite et déserte, prit le portable et composa le numéro de Di Mattia.

— Monsieur Di Mattia ? Le commissaire Montalbano, je suis.

— Je vous écoute, *dottore*.

— Vous le savez qu'on a tué la concierge de l'immeuble où vous habitez ?

— Oui, ma femme m'a téléphoné. Et elle vient juste de me rappeler pour me dire que vous avez demandé mon numéro de portable.

— Écoutez, M. Catalfamo m'a dit que ce matin, vous êtes sorti vers 5 heures.

— Comme je le fais chaque jour.

— Quand vous êtes descendu, la porte de l'immeuble était ouverte ou fermée ?

— Fermée, mais la pauvre Matilde allait l'ouvrir parce qu'on l'avait appelée à l'interphone.

— Vous avez remarqué quelque chose de bizarre ?

— Oh mon Dieu, vraiment bizarre, non. Elle avait mis dans l'entrée une grosse longue-vue qui devait être emportée.

— Elle vous a demandé à qui elle était ?

— C'est moi qui le lui ai demandé. Elle m'a répondu qu'elle était à M. Manzilla qui lui avait téléphoné la veille qu'il enverrait une fourgonnette pour la prendre. Et en fait, quand je suis sorti, parce que je m'étais attardé un moment à lacer ma chaussure, j'ai vu Mme Matilde qui parlait avec le chauffeur de la fourgonnette. Mais…

— Mais ?

— Cinq heures du matin, ce n'est pas une heure trop incommode pour venir chercher une longue-vue.

Pas bête, M. Di Mattia.

Maintenant, il devait aller dans l'autre domicile de Manzella. Mais l'adresse que lui avait donnée Fazio lui était complètement sortie de la tête. La seule chose à faire était de lui téléphoner.

— Fazio ? Montalbano, je suis.

— Je vous areconnus, *dottore*.

— Comment tu vas ?

— Bien.

— Il y a du neuf ?

— Tôt ce matin, un de nos médecins de la police est venu parler avec le professeur Bartolomeo.

— Qu'est-ce qu'ils ont décidé ?

— Que cet après-midi, vers 6 heures, une ambulance va venir me prendre pour m'emmener à Palerme.

— Pourquoi ?

— Passqu'il dit que je dois encore rester sous surveillance trois ou quatre jours. Après, je pourrai sortir. Mais notre médecin dit que je dois me faire au minimum vingt jours de convalescence.

Tant mieux pour toi.

— *Dottore*, moi, je vais la faire à Vigàta, la convalescence.

— Eh beh, comme ça, de temps en temps, tu viendras nous voir.

— De temps en temps ? Moi, tous les jours, je viendrai, comme si j'étais en service.

Montalbano ne discuta pas. Sans Fazio, il se sentait avec un bras en moins.

— Dommage que je n'aie pas le temps de venir te dire au revoir.

— *Dottore*, comme ma femme vient à Palerme demain matin, elle vous apportera votre pistolet au commissariat.

— Très bien. Alors, au revoir. Ah, j'allais oublier ! Tu me répètes l'adresse que t'avait donnée Manzella ?

— Oh que oui. 22, via Bixio.

— Merci, Fazio. Tous mes vœux de guérison et à bientôt.

Il adécida de passer tout de suite un autre appel. Il mata sa montre, 10 h 30.

Et tant pis s'il l'aréveillait.

— Salut, Angela. Montalbano, je suis.

— Salut, Salvo.

Elle avait une voix ensommeillée.

— Tu dormais ?

— Non, je viens juste de me lever, mais je n'ai pas encore pris mon café.

— Je te laisse tranquille dans une seconde. Notre ami t'a déjà téléphoné pour savoir comment ça s'est passé entre nous, et si oui, il a dit quoi ?

— Il n'a pas encore appelé. Mais il va sûrement le faire d'ici peu.

— Écoute, je voulais t'avertir qu'on vient prendre Fazio vers 6 heures du soir pour l'emmener à Palerme en ambulance.

— Je dois lui dire ça aussi ?

— Oui. Je t'ai appelée pour ça.

— Comment je dois le lui dire, précisément ?

— Tu lui dis que je t'ai appelée pour entendre ta voix, pour savoir si tu avais bien dormi, des trucs de ce genre et que, au hasard de la conversation, je t'ai dit c'te truc de l'ambulance. Ça peut tenir, non ?

— Oui. Écoute, comme je finis à 10 heures du soir, j'ai pensé qu'il est trop tard pour qu'on aille manger ensemble dans un restaurant.

— Je te fais préparer quelque chose.

— Je viens avec ma voiture directement chez toi. J'y resterai jusqu'à 4 heures.

— D'accord.

Et tant qu'il y était…

— Adelì ? Montalbano, je suis.

— Je vous écoute, monsieur.

— Adelì, change les draps du lit. Puis, arrange comme tu peux le divan avec un matelas et les trois chaises comme tu sais le faire. Et prépare-moi quelque chose à manger pour ce soir, un truc abondant.

Et tant qu'il y était encore…

— Catarella ? Montalbano, je suis.

— À vos ordres, *dottori*.

— Tu dois me faire une recherche dans le fichier sur deux types qui doivent être des repris de justice.

— Attendez que je prenne un stylo et du papier. Comment ils s'appellent ?

— L'un, Angelo Sorrentino. Écris-le bien. Tu l'as écrit ? Oui ? Répète-le-moi. Pas Ponentino ! Putain ! Sorrentino. Comme un type qui est né à Sorrente. Tu la connais, la chanson ?

— *Dottori*, si je chante la chanson, ça fait *Surrientino*.

À la fin, après divers jurons du commissaire, Catarella y arriva.

— Et l'autre, *dottori* ?

— Il s'appelle Carmona Vittorio. Tu as bien compris comment il s'appelle ?

— Cammona, *dottori*.

— Pas Cammona, Carmona avec un « r » !

— Et moi, qu'est-ce que j'ai dit ? Cammona avec un « r », j'ai dit !

— Écoute, ne me mets pas les fiches sur la table. Donne-les-moi quand je reviens, en pirsonne pirsonnellement !

QUINZE

Il ne savait absolument pas où se trouvait la via Bixio. Il ne tenta pas de le demander à Catarella, ce dernier aurait sûrement compris via Bichiotte. Il avait une carte de Vigàta qu'il gardait dans la voiture. Il la consulta. La liste des rues disait qu'elle se trouvait dans le carré C4. C'était comme jouer à la bataille navale. Ainsi qu'il était naturel et prévisible, un bout de la carte, qui contenait aussi le carré C4, avait été arraché. Mais il aréussit à comprendre qu'elle devait s'atrouver après San Giusippuzzo, une zone presque en pleine campagne. Il mit une demi-heure à y arriver. Le 22 de la via Bixio, qui à un certain point adevenait une véritable draille, correspondait à 'ne petite maisonnette d'un étage, entourée de ce qui avait dû être un terrain à la fois potager et jardin d'agrément qui maintenant était complètement abandonné. Le portail de fer forgé était ouvert. Montalbano remonta la petite allée et s'arrêta devant une porte fermée. Les volets aussi étaient clos. Il y avait une sonnette, il appuya longuement, sans réponse. Tout bien considéré, comme la maison la plus proche se trouvait à une cinquantaine de mètres et qu'il n'y avait pas une voiture visible à l'horizon, il tira de sa poche un trousseau de clés spéciales que lui avait offert un ami voleur. À la quatrième tentative, la porte s'ouvrit et Montalbano fit un bond en arrière. C'était exactement comme quand lui avait ouvert M. Catalfamo. Mais cette fois, il ne s'agissait pas de relent d'ail. C'était l'odeur entre le douceâtre et l'aromatique du sang, nauséabonde, qu'il avait tant de fois sentie. Il se glissa à l'intérieur, ferma la porte derrière lui et retint sa respiration. Chercha l'interrupteur sur le mur, le trouva, alluma. Il était à l'intérieur d'une salle de séjour dont les meubles avaient été déplacés contre les murs. Au milieu de la pièce, il n'y avait qu'une chaise de paille, complètement noircie de sang séché. On apercevait aussi du sang, peut-être projeté contre les murs, les meubles, le sol. Ça avait été une vraie boucherie. Le siège était au centre d'un large cercle de sang marron, comme si quelqu'un avait tourné tout autour…

Et soudain, Montalbano comprit ce qu'ils avaient fait là-dedans. Pendant un instant ce fut comme s'il voyait de ses propres yeux la scène. Instinctivement, il respira à fond et la terrible odeur lui déclencha un violent accès de nausée, il recula, rouvrit la porte, la ferma, monta en voiture, partit. Mais au bout de quelques instants, il dut s'arrêter. Il descendit et se vida l'estomac.

— Ah, *dottori* ! Icite, y a les fichières que vous me demandâtes, de Cammona avec le « r » et de Ponentino qui, lui, s'appelle Sorrentino. Et puis, je dois vous dire que M. Gargiuta téléphona. Il dit comme ça que si vous à peine vous vous trouvez sur les lieux, on rappelle.

— Catarè, j'y comprends rien. Qui doit appeler ? Gargiuto ou moi ?

— Vosseigneurie, *dottori*.

— Mais si je le connais même pas, ce Gargiuto, comment je fais pour le rappeler ?

— Vous l'aconnaissez pas ? C'est vrai ce que vous dites ? demanda Catarella en le matant d'un air stupéfait.

— Jamais entendu parler.

— Mais comment, *dottori*, à moi, vous dites que lui, en tant que Gargiuto, y devait dire à vosseigneurie, en tant que *dottori* Montalbano, une riponse en tant que vosseigneurie lui avez laissé à lire une lettre écrite en tant que…

Gargiulo, de la Scientifique !

— J'ai compris, j'ai compris… Dis-moi, le *dottor* Augello est là ?

— Maintenant juste à l'instant, il téléphona qu'il arrivait d'ici une demi-heure.

— Dès que tu le vois, tu lui dis de venir dans mon bureau.

— Alors, qu'est-ce que tu me racontes, Gargiù ?

Commissaire, je peux toujours vous donner tout de suite une première réponse. Pour analyse plus attentive, j'aurai besoin de trois, quatre jours.

— En attendant, donne-moi la première réponse.

— Ce n'est pas une graphie naturelle.

— Elle est contrefaite ?

— Absolument pas. Je veux dire que c'est une graphie voulue.

— Par qui ?

— Par qui écrit.

— Attends, Gargiù, que je comprenne. À l'auteur de la lettre, l'écriture que la mère nature lui avait donnée ne lui plaisait pas et il s'est imposé d'écrire autrement ?

— Plus ou moins. L'auteur de la lettre, un homme…

— Tu en es sûr ?

— Si je vous dis que ce G. est un homme, c'est que c'est un homme. Qui s'efforce, néanmoins, d'écrire avec une écriture féminine. Vous me comprenez ?

— Parfaitement, Gargiù.

— D'ici trois ou quatre jours, quand…

— Ne te dérange pas davantage, Gargiù. Ce que tu m'as dit me suffit. Merci et renvoie-moi tout de suite la lettre.

— Je vous l'envoie aujourd'hui même par un agent.

— Alors, c'tes nouveautés ? demanda Augello en entrant, alors que Montalbano l'attendait depuis une demi-heure en signant des papiers.

— Je vais te les dire. À hier, comment ça s'est terminé, avec Mme Manzella ?

— Elle a reconnu le *catafero*.

— Comment elle a réagi à la nouvelle ?

— Disons qu'elle en a éprouvé un léger déplaisir.

— Je te l'avais pas dit que, pour elle, la nouvelle n'était pas si mauvaise ? Celle-là, non seulement, elle va hériter mais elle peut se remarier tout de suite.

— Alors, ces nouveautés ? arépéta Augello.

— La première est que tu renvoies à demain matin la venue de Rizzica.

— Pourquoi ?

— Passque toi, aujourd'hui, cet après-midi, à 5 heures, au plus tard, mais vraiment au plus tard, tu dois t'atrouver au 'pital de Fiacca, où il y a Fazio. Tu emmènes avec toi Gallo et Galluzzo. Bien armés.

— Qu'est-ce qu'on doit faire ?

— Vers 6 heures, une ambulance viendra prendre Fazio pour l'emmener à Palerme.

— Eh beh ?

— Vous devez l'escorter. Discrètement, sans vous faire remarquer, donc vous y allez avec ta voiture. S'ils veulent le buter, c'est la dernière occasion pour eux…

— Mais tu crois sérieusement que…

— Oui, Mimì, sérieusement. Ils ont déjà essayé une deuxième fois à l'hôpital.

— Et cette fois, comment peuvent-ils faire ?

— Je peux te dire que, à quatre-vingt-dix pour cent, derrière l'ambulance, il y a aura une grosse bagnole bleu métallisé. Si c'est le cas, si vous la repérez, gaffe ! Ce sont eux. Ils provoqueront peut-être un accident et dans la confusion essaieront de liquider Fazio. Je te dis une chose : c'est de la même voiture que, ce matin, on a tiré sur la concierge.

— Putain ! Mais qui t'a parlé de cette voiture ?

Et là venait le point difficile. Il devait absolument sortir Angela de cette affaire, elle ne devait apparaître en aucune manière. S'il la compromettait, elle pouvait se considérer comme morte.

— Il m'est arrivé de parler avec l'infirmière qui fit fuir l'homme qui s'était introduit dans le service de Fiacca. Elle l'avait décrit si bien au commissaire de Fiacca que lui a vite fait de l'identifier.

— Et qui est-ce ?

— Il s'appelle Vittorio Carmona. Trois meurtres, en cavale. Il appartient à la famille des Sinagra. Regarde la fiche.

Il la sortit d'un tiroir. L'autre fiche, celle de Sorrentino, il l'avait mise au fond, sous une pile de papiers. Pirsonne ne devait la voir ; avant de sortir du bureau, il se la mettrait en poche et puis la brûlerait à Marinella.

— Belle tête honnête, commenta Augello en la lui rendant et il demanda : Mais comment tu as fait pour être au courant, pour la voiture ?

— J'ai parlé avec l'employé du parking, tu sais, celui qui s'occupe des barres, ce que notre collègue Caputo n'a pas fait.

Dans l'espérance, forte, que Mimì ne parlerait ni avec le gardien de l'accès ni avec le commissaire Caputo.

— On parle de la concierge ? demanda Mimì.

— Tu t'es fait une idée ?

— Oui.

— Dis-la-moi.

— Quand Manzella lui a laissé la longue-vue, la concierge a dû être prise de curiosité. Et une nuit, elle s'est levée et elle est allée regarder. Et elle a dû voir quelque chose qui lui a donné la possibilité d'exercer un chantage. Ceux d'en face, pour gagner du temps, ont immédiatement payé. Puis, ils sont entrés dans l'appartement de Manzella, se sont pris la longue-vue et les jumelles et dès qu'il s'est fait jour, ils l'ont tuée.

— Tu te trompes.

— En quoi ?

— Dans la seconde partie.

— Explique.

— Mimì, j'ai deux témoins qui peuvent dire que c'est Mme Matilde, la concierge, qui a remis elle-même la longue-vue et les jumelles à un type qui est venu, vers 5 heures du matin, avec une fourgonnette.

— Alors, ça change…

— Je te dirai plus. À un des témoins, Mme Matilde a dit qu'elle les envoyait à la nouvelle adresse de Manzella qui lui avait téléphoné la veille.

— Tu parles ! Il était mort depuis des jours.

— Alors, la question est : si elle ne les faisait pas parvenir à leur légitime propriétaire, à qui elle les envoyait ? Réfléchis-y !

Mimì pinsa un moment là-dessus avant d'arriver à la conclusion logique :

— À ceux qu'elle faisait chanter !

— Tu vois que quand tu t'y mets tu n'es pas mauvais ?

— Mais en faisant comme ça, elle s'enlevait la seule preuve qu'elle avait en main !

— Mimì, combien elle avait versé à la banque ?

— 50 000 euros.

— Tu as perquisitionné le logement ? Non.

— Pourquoi j'aurais dû le faire ?

— Parce qu'il doit sûrement y avoir quelque part une enveloppe avec encore de l'argent. Ils ont fait un échange : argent contre longue-vue. Paiement anticipé. Comment se présente la situation ?

— Le mari est allé de saouler nouvellement et l'appartement est sous scellés.

— Très bien. Plus tard, en temps voulu, on va aller y jeter un coup d'œil.

— Donc, d'après toi, avec ce second versement de leur part et la remise de la longuc-vue et des jumelles, la partie entre eux se serait terminée ?

— C'est du moins ce qu'ils lui ont fait croire. Sauf qu'ils lui ont tiré dessus quelques heures plus tard. Et là, c'est le vrai problème.

— Je ne comprends pas.

— Si on récapitule, tu comprendras mieux. L'histoire commence avec un certain Manzella qui veut dénoncer à son ami Fazio une histoire de contrebande. Fazio ne nous dit rien, mais M. Rizzica, le jour même où Fazio disparaît, vient nous dire qu'il soupçonne qu'un de ses chalutiers, à son insu, sert à faire du trafic de drogue. Tu as noté la différence ?

— Tu veux dire la coïncidence ?

— Mimì, moi, le 'talien, je sais le parler passque je lis des livres. Toi, au contraire, tu es 'gnorant comme une buse et tu utilises un mot pour un autre. J'ai dit différence et pas coïncidence !

— Et c'est quoi, c'te truc qu'y a ?

— Tu vois ? Ça te semble une façon de s'exprimer ? T'es un catarellien d'honneur. La différence consiste dans le fait que Manzella a parlé de contrebande à Fazio, alors que Rizzica vient nous signaler un trafic de drogue.

— Et ça te paraît une différence importante ? On dit pas « contrebande de drogue » ?

— Peut-être que oui. Mais dans l'usage commun, pour la drogue, on utilise le mot « trafic ». On parle jamais de « contrebande de drogue ».

— C'est quoi, ça ? On est à l'école ?

— Non. Si on était à l'école, je t'aurais mis zéro. Je te fais seulement remarquer la différence. La contrebande, ça peut être des armes, des cigarettes, des médicaments, des trucs pour faire des bombes atomiques.

— Mais Fazio est sûr que Manzella lui a parlé de contrebande ?

— Tout à fait sûr. Et pour moi, ça tient.

— Pourquoi ?

— Je continue le résumé, comme ça, tu vas comprendre. Manzella tergiverse pendant quelques jours puis il donne rendez-vous au port à Fazio. Celui-ci ne sait pas que c'est un piège, passque Manzella a déjà été tué, et il y va. Ils lui tirent dessus, le blessent et adécident de le finir loin de la ville, aux Trois Puits. Mais là, survient un imprévu : Fazio aréussit à s'échapper et à balarguer l'un d'entre eux dedans le puits.

— Un type qui n'a pas encore été identifié.

— Non.

Totale calembredaine, parce qu'il suffisait de sortir la fiche du tiroir et Mimì aurait appris ces nom et prénom. Sauf qu'il ne pouvait rien dire ni faire dans ce sens, sinon Angela était foutue.

— Mais, continua le commissaire, nous savons que l'un des deux était notre Vittorio Carmona, puisque Fazio l'a reconnu parfaitement quand je le lui ai décrit.

— Et puis, ils tuent la concierge, dit Mimì.

— Exactement. Deux meurtres, on pourrait dire trois, mais celui fait par Fazio est un cas de légitime défense, et une tentative d'homicide qu'ils vont essayer, de manière certaine, de réussir. Ça ne te paraît pas beaucoup ?

— Quoi ?

— Les morts, Mimì. Voilà le point. Trop de morts pour un simple trafic de drogue. On n'est pas en Bolivie.

— Et alors ?

— Et alors, là-dessous, il y a probablement quelque chose de plus gros.

— Si on arrivait à savoir comment Manzella l'a appris et pourquoi il voulait le dire à Fazio..., commença Augello.

— Attends un moment, dit Montalbano.

Il souleva le combiné.

— Catarella, on a envoyé quelque chose pour moi, de la Scientifique ?

— Oh que oui, *dottori*. Juste là, à l'instant. Une lettre.

— Amène-la-moi.

Dès que Catarella l'eut apportée, il ouvrit l'enveloppe et passa la lettre à Mimì.

— C'est un homme ou une femme, qui écrit ? demanda Augello après l'avoir lue.

— J'ai eu les mêmes doutes que toi. Je l'ai fait voir à Gargiulo qui m'a dit que c'est sûrement un homme qui veut passer pour une femme.

— Un travesti ? Un transsexuel ?

— Peut-être. Et lis-toi aussi celle-là.

Il rouvrit le tiroir, prit la lettre de l'ami de Manzella, celle avec la photo du marin, et la lui tendit.

— Nous voilà bien, fut le seul commentaire de Mimì.

— D'après moi, dit le commissaire, notre ami Manzella, marié et père d'un garçon, à un certain moment de sa vie, découvre un monde différent. Et découvre être fait pour ce monde. Ça le regarde, et nous, on n'en a rien à faire.

— Relativement, dit Mimì.

— Pourquoi tu dis ça ?

— Justement, l'autre jour, Beba me faisait remarquer que si on était tous comme eux, on trahirait le fait que nous sommes au monde pour procréer.

— Et qui te dit que notre but, c'est ça ? *'U Signuri Diu di pirsona pirsonalmenti* ? Le Seigneur Dieu en personne personnellement ? Dis-moi la virité, quand, avant de te marier, tu baisais à droite et à gauche, tu faisais pas de ton mieux pour ne pas procréer ? Si ça ne tenait qu'à toi, le monde pouvait aller se faire foutre par extinction de la race humaine !

— Mais quel rapport ?

— Mimì, vaut mieux qu'on laisse tomber c'te sujet. Je continue. Donc, un triste jour pour lui, Manzella rencontre G. Coup de foudre, et je m'excuse pour la banalité de l'expression et la douleur que je t'inflige à toi, grand procréateur converti. Ils se voient jusqu'à ce que Manzella découvre par hasard, ou parce que G. le lui dit, que son ami est impliqué dans une histoire louche. Mais il ne veut pas le perdre et garde le silence. Jusqu'à ce que querqu'un lui dise que G. le trahit. Alors, il adécide de se venger et avertit Fazio. Mais il se ravise, recule. A des hauts et des bas. Et finit par faire comprendre à G. son intention. G. avertit qui il doit avertir, et eux, ils lui donnent un coup de main. Ça te paraît tenir ?

— C'est une hypothèse plausible, dit Augello.

— C’est la seule, répliqua Montalbano en se levant. Mais on n’a pas de preuve.

— Où tu vas ?

— Manger. Et fais attention, j’insiste, Mimì. Quand vous suivrez l’ambulance, téléphone-moi tous les quarts d’heure sur le portable. Rappelle-toi que Carmona, tu peux l’arrêter à n’importe quel moment, vu que c’est un assassin en cavale. Et arappelle-toi aussi qu’il est dangereux. N’y réfléchis pas à deux fois avant de tirer. Et ne tire pas juste pour faire du bruit.

— Alors, si ça arrive, je te ferai entendre le bruit sur le portable, comme ça, ça te fera passer le temps, dit Mimì.

Mais il n’avait aucune intention d’aller manger. En fait, comme ce qu’il devait faire ne lui plaisait en rin, il se sentait l’estomac si serré qu’il n’aurait pu y entrer une bouchée de pain.

Et puis, il était certain que, s’il mangeait, après il ne serait plus capable de faire ce qu’il avait à faire.

Il y a des choses qu’on ne peut affronter l’estomac rempli, il le savait d’expérience.

Une fois, il avait voulu mater Pasquano qui besognait sur le corps d’une minote de 10 ans alors qu’il venait juste de finir de manger, il était resté un quart d’heure sur le parking plié en deux à vomir tripes et boyaux. Mais il ne s’était pas senti mal pour ce que Pasquano faisait et qu’il avait été obligé de voir, non, mais pendant que le docteur dressait à haute voix la liste des blessures infligées à la petiote (*coupure profonde du poignet infligée par la même lame qui… ample lacération dans la zone inguinale probablement provoquée par un objet…*), lui, il avait imaginé, non, vu, voilà, oui, vu comme si ça s'était passé à ce moment sous ses yeux, la scène du meurtre, et il avait été étouffé par cette férocité, cette violence, cette plus atroce des bestialités.

En passant devant Catarella, il le salua et lui répéta la calembredaine déjà servie à Augello.

— Je vais manger, j'emmène le portable, appelez-moi à n'importe quel moment.

Il sortit, fit trois pas, revint en arrière :

— La femme de Fazio a ramené le pistolet ?

Catarella écarquilla les yeux.

— Son pistolet ? Mme Fazio ! Elle l'a, le pot d'armes ?

— Qui ?

— La femme de Fazio.

— Je ne crois pas.

— Et elle se promène avec un pistolet dans le sac à main ?

— Catarè, ne fais pas durer, j'ai compris, elle ne l'a pas encore apporté. Comme elle va le faire, tu le gardes et tu me le donnes quand je rentre.

Pourquoi avait-il pinsé à l'arme ? À quatre-vingt-dix pour cent, là où il allait, il n'aurait besoin d'aucun pistolet. Et pourtant…

Il monta en voiture et partit pour la via Bixio.

Alors, pour quelle raison n'avait-il pas dit à Mimì Augello qu'il avait appris où se trouvait le dernier logement de Manzella et qu'il y était même allé ?

Ce n'était pas un truc à garder caché pour ne pas compromettre Angela, la fille n'y était pour rien : c'était

Fazio qui lui avait communiqué l'adresse, dès qu'elle lui était revenue en mémoire. Et donc ?

La raison était si simple qu'il l'atrouva tout de suite.

S'il avait dit à Mimì qu'il s'était rendu dans la maison de Manzella, son adjoint lui aurait sûrement demandé ce qu'il avait trouvé à l'intérieur et lui, il aurait dû répondre qu'il était certes entré, mais qu'il s'était enfui presque aussitôt.

Il s'imaginait le visage ahuri et les yeux écarquillés de Mimì.

— Tu t'es enfui ! Et pourquoi ?

Essayez de le lui expliquer, qu'il avait eu peur.

— Toi ! Toi, tu as eu peur ? Et de quoi ?

— Rin de concret, Mimì. Disons comme ça, que c'était un désarroi métaphysique.

— Métaphysique ? Putain, mais qu'est-ce que tu racontes ?

Non, Augello croirait qu'il avait perdu la boule.

Et il ne pouvait pas non plus lui dire, racontant ainsi encore une calembredaine, qu'il avait appris par Fazio où était le dernier logement de Manzella et qu'il n'y était pas encore allé parce qu'il voulait que Mimì l'accompagne. Augello l'aconnaissait trop bien pour ne pas être certain que son chef n'aurait jamais résisté à la curiosité et qu'il y serait allé en se foutant hautement de l'avertir.

Comment faire pour se sortir de cette situation ?

Voilà : il dirait à Mimì que Fazio lui avait téléphoné l'adresse alors qu'il avait quitté le 'pital et s'atrouvait sur la route pour Palerme, puisque à ce moment-là seulement, ça lui était revenu à l'esprit et qu'il n'avait pas pu avertir Augello qui était pris par l'escorte de Fazio.

Et pendant ce temps, le commissaire était arrivé à la maison de Manzella.

SEIZE

Il s'arrêta, descendit. La rue était encore plus solitaire, si c'était possible, qu'avant. Personne n'allait remarquer sa présence et si quelqu'un en passant voyait du mouvement, il n'aurait aucune raison d'avoir des soupçons. Les télévisions locales n'avaient pas encore annoncé que Manzella avait été reconnu dans le *catafero* trouvé dans le puits.

Il ne franchit pas tout de suite le portail, s'attardant à examiner de l'extérieur la maison, repérant bien où s'atrouvaient les fenêtres et fixant dans sa mémoire le parcours à faire à l'intérieur du salon pour les rejoindre.

Puis il s'adécida. Il longea la petite allée, rouvrit la porte avec la fausse clé, entra, referma derrière lui, alla, mains en avant dans l'obscurité épaisse, droit à la première fenêtre et ouvrit grand les volets. Il mit la tête au-dehors et respira longuement. L'air était humide, le ciel couvert. Il entendait sa respiration forte et lourde comme s'il avait longtemps nagé. Ensuite, il ferma les yeux, se retourna et, retenant de nouveau sa respiration, alla ouvrir la deuxième fenêtre. Il s'y pencha et souffla de nouveau.

Un peu de vent s'était levé, la journée avait d'un coup changé du tout au tout ; dès le début de la matinée elle avait été d'humeur changeante. En tout cas, le vent était utile, il renforcerait le courant d'air entre les deux fenêtres et l'odeur du sang disparaîtrait. Toujours penché à la fenêtre, il s'alluma 'ne cigarette et la fuma jusqu'au bout avec calme. Quand il eut fini, il mit le mégot dans sa poche. Que le Seigneur ne permette jamais à ceux de la Scientifique de le trouver. Ils seraient capables de rechercher les traces d'ADN. Et Arquà arriverait à la conclusion logique et inévitable que l'assassinat de Manzella avait été l'œuvre du commissaire, emporté par la jalousie pour ce travesti.

Enfin, il se sentit prêt à se retourner et à mater l'intérieur du salon.

Mais comme il vit tout de suite à droite un escalier qui conduisait au premier étage, il adécida de commencer par aller visiter les chambres d'en haut.

Il grimpa, arriva sur un minuscule palier sur lequel donnaient trois portes grandes ouvertes. Il alluma les lumières du rez-de-chaussée. Cela suffisait pour que, sans avoir besoin de bouger, en tournant simplement la tête, Montalbano puisse voir que la première porte, celle qu'il avait devant lui, donnait dans une chambre avec lit à deux places, la seconde sur une salle de bains et la troisième sur une autre chambre à coucher, plus petite que la première, avec un lit à une place, destiné sûrement à un invité.

Il commença par cette dernière. Il entra et alluma la lumière. Le lit n'avait que le matelas et un oreiller, il n'y avait ni draps ni couvertures. Une table de chevet avec une lampe dessus, deux chaises, une petite *armùar*, armoire. Il l'ouvrit. Les draps et la housse de l'oreiller ainsi que deux couvertures de laine étaient pliés là-dedans et il n'y avait rien d'autre. La nuit où il avait été tué, Manzella n'avait pas eu d'invités à faire dormir dans cette chambre.

La salle de bains était un abattoir. Quatre serviettes tachées de sang avaient été jetées à terre à la *sanfasò*, n'importe comment. Il y avait des traces de sang dans le lavabo et même une demi-empreinte de main ensanglantée sur la paroi de la cabine de douche. C'était clair : Carmona et Sorrentino, pour travailler de la pointe et de la lame Manzella, s'étaient dénudés et puis, comme ils étaient trempés de sang, ils s'étaient lavés, avaient pris une douche et s'étaient rhabillés. Pour se présenter à l'espèce humaine comme des êtres humains et non comme les bêtes qu'ils étaient.

Il passa dans la grande chambre. Et pour le commissaire, il fut tout de suite clair que Pasquano avait vu juste quand il avait dit que le malheureux avait été surpris par ses assassins pendant qu'il dormait nu dans son lit. En fait, sur une chaise, il y avait un pantalon plié, une veste, une chemise et même une cravate. Sous la chaise, une paire de chaussures avec les chaussettes enroulées à l'intérieur.

Mais Manzella, la dernière nuit de sa vie, ou du moins une partie de celle-ci, il ne l'avait pas passée seul. Les oreillers portaient encore tous deux le creux des têtes, le drap du dessus était à moitié répandu sur le sol et à moitié entortillé sur la couche, celui du dessous s'était détaché et laissait entrevoir le matelas. C'était un homme aux amours impétueuses, le pauvre Manzella, comme l'avait dit la concierge.

Dans la chambre, on ne voyait pas les vêtements de la personne qui avait dormi avec lui et il n'y avait pas de couverture. Ce devait être celle qui avait servi à empaqueter le corps avant d'aller le jeter dans le puits.

Montalbano s'approcha de la chaise aux vêtements, tira un portefeuille de la poche intérieure de la veste. Cinq cents euros en billets de cinquante, la carte d'identité, une carte de retrait de la Banca dell'Isola, une carte de crédit du même établissement, qui devait être celui où Manzella gardait l'argent, et c'était tout. Il ouvrit le tiroir de la table de nuit : vide. Dans cette chambre à coucher, il n'y avait pas une feuille de papier. Pour une raison ou pour une autre, les assassins avaient tout emporté.

Mais comment ça s'était passé, là-dedans ?

Montalbano n'eut pas de difficulté à l'imaginer.

Et donc, après avoir écrit la lettre que Manzella ne reçut pas pour cause de déménagement, G. trouva moyen de le rencontrer nouvellement, de renouer ce rapport que Manzella avait tenté d'interrompre.

Il doit le faire passque, ayant avoué avoir parlé avec son amant de l'histoire de la contrebande, et que ce dernier a l'intention de le faire savoir à la police, les contrebandiers l'ont laissé en vie à condition qu'il se fasse complice de l'assassinat de Manzella. S'il ne parvient pas à les conduire jusqu'à lui, ils le liquident.

Et donc G. se démène tant et si bien qu'il se fait conduire une première fois dans l'appartement de la via Bixio. Comme on dit volontiers dans les romans d'amour, ceux qui plaisent tant aux critiques des journaux, la passion renaît de ses cendres. Les deux font l'amour et G. promet de revenir le lendemain soir.

Il revient en fait et quand Manzella s'endort, épuisé, G. prend ses vêtements, descend l'escalier sur la pointe des pieds, ouvre la porte, fait entrer Carmona et Sorrentino qu'il avait avertis à temps, et s'en va. Il a fait ce qu'il devait faire et a donc été laissé libre.

« Puis-je ouvrir une parenthèse ? » demanda le commissaire.

Il s'accorda la permission et continua :

« De deux choses l'une : ou bien G. est un crétin, il croit à la promesse et reste à Vigàta, et dans ce cas, nous retrouverons son *catafero* quelque part, ou bien G. est un malin qui a pris un vol pour le nord du Groenland où, comme on sait, la mafia sicilienne n'est pas encore arrivée vu que par là-bas, il fait trop froid. »

Il referma la parenthèse.

Carmona et Sorrentino montent, aréveillent Manzella et, nu comme il est, l'obligent à descendre au rez-de-chaussée. Ils ne lui laissent même pas mettre ses savates qui, en fait, étaient au pied du lit.

Et cela signifiait que, bon gré mal gré, le moment était venu pour lui, Montalbano, d'aller dans le salon.

Il s'arrêta sur le palier en haut de l'escalier, compta les marches. Elles étaient au nombre de seize.

Il aurait voulu avoir son pistolet à la main. Même s'il savait que c'était inutile, passqu'il n'y avait pas à tirer. Il sentait les poils de ses bras se dresser comme quand on passe devant une télévision à peine éteinte. Il avait beau se forcer et s'arépéter continuellement qu'au salon il ne trouverait personne…

Bien sûr qu'il n'y avait personne ! Personne en chair et en os, en fait. Mais c'était quoi, ces conneries ? De quoi avait-il peur ? D'un fantôme ? D'une ombre ?

À 57 ans bien sonnés, il acommençait à croire aux esprits ?

Il descendit deux marches.

Un volet battit violemment, lui faisant faire un grand saut de chat effrayé, au point qu'il faillit perdre sa prise sur la rampe.

Le vent s'était renforcé.

Il descendit en courant, en fermant les yeux, quatre autres marches. Puis l'élan lui manqua d'un coup et il descendit deux autres degrés en serrant fort la rampe, traînant les pieds jusqu'à ce qu'il rencontre le vide, levant lentement la jambe et posant légèrement la semelle de sa chaussure sur les marches du dessous, exactement comme quelqu'un qui n'y voit à peu près rien.

Mais qu'est-ce que c'était que toute cette tension, jamais éprouvée jusque-là ? Un mauvais tour de la vieillesse ?

Cette fois, les volets des fenêtres du salon battirent avec un bruit violent et se fermèrent en même temps. À présent, la pièce d'en bas avait été replongée dans l'obscurité.

« Mais comment est-ce possible ? » se demanda le commissaire. « Si le vent souffle dans un sens, comme se fait-il que ce sont les deux fenêtres qui se sont fermées ? »

À cet instant précis, il acomprit qu'au salon quelqu'un l'attendait vraiment.

Quelqu'un qui avait le même corps et le même visage et qui s'appelait, comme lui, Salvo Montalbano. C'était lui-même, l'ennemi invisible qu'il devrait affronter.

L'ennemi qui lui ferait revivre de force ce qui était arrivé là, jusque dans les moindres détails…

Revivre ? Terme erroné. Lui, il n'avait pas assisté à la lente et douloureuse agonie de Manzella, donc, comment pouvait-il la revivre ? Et en tout cas, après tant de meurtres dont il avait vu les traces qui, certaines fois, étaient plus bouleversantes que s'il avait assisté à l'homicide, pourquoi celui-ci lui faisait-il un effet particulier ?

Il ne pouvait se sortir de cette situation autrement qu'en allant jusqu'au bout, cela il en fut soudain convaincu.

Et donc, il acommença à descendre les marches qui restaient d'un pas aussi décidé que possible.

Il s'arrêta de nouveau au pied de l'escalier.

La pièce n'était pas complètement dans l'obscurité, les volets étaient clos mais à travers les lattes passaient des lames de lumière grise qui apportaient à l'intérieur les ombres tremblantes des feuilles de l'arbre agitées par le vent. Il ne voulait ni rouvrir les volets ni allumer les lampes ; il préféra rester un moment immobile le temps que ses yeux s'habituent.

Pour faire de la place au spectacle dont ils s'étaient faits les metteurs en scène, Carmona et Sorrentino avaient déplacé les meubles contre les murs. Une étagère sur laquelle avait dû se trouver une coupe à fruits en céramique, laquelle était maintenant répandue au sol en petits morceaux. Trois chaises. Un canapé. Une table de salle à manger, un buffet avec assiettes et verres. Un téléviseur.

Il y avait deux choses d'un blanc laiteux sur le sol, près de la table, dont il n'arriva pas comprendre la nature.

Non, ce n'était pas ça ; il l'avait compris tout de suite de quoi il s'agissait, mais il arcfusait d'y croire. Il regarda mieux et dut admettre qu'il avait bien compris, tandis qu'un renvoi depuis le fond de l'estomac lui montait dans la gorge, un paquet de liquide dense, amer et brûlant qui lui remplit les yeux de larmes.

Alors, il fixa la chaise au centre de la pièce et le cercle de sang tout autour.

Le sol était en terre cuite, et il nota, juste devant la chaise, un carreau fraîchement brisé. S'il avait eu un couteau sous la main, il aurait sûrement pu sortir le projectile qui, transperçant le pied de Manzella, avait cassé la tommette et était allé s'enfoncer dans la terre.

Mimì avait raison.

Ils l'avaient fait descendre de la chambre à coucher, avaient déplacé les meubles en le laissant seul sur le siège au milieu, l'avaient fait asseoir… Non, avant il y avait eu… Passons, ça vaut mieux.

Et ils ont commencé à lui demander, sûrement en le tabassant, à coups de poing et de pied, ce qu'il avait raconté à Fazio…

Mais lui, il ne pouvait arépondre que la même chose, toujours : il n'avait fait que des allusions à Fazio, il n'avait pas prononcé de noms… Et eux, qui n'y croyaient pas, à un certain moment, avaient adécidé de passer à des choses plus sérieuses.

— C'est vrai que tu as été danseur ?

— Et alors, danse.

Et l'un d'eux lui avait tiré dans un pied. Puis ils l'avaient obligé à se lever et sur une seule jambe, sur le pied intact, ils l'avaient fait danser en tournant tout autour de la chaise…

— Danse, danse sans bruit…

Et l'autre tournait en sautillant sur un seul pied, nu, comique et effrayant en même temps, en poussant des cris désespérés que pirsonne ne pouvait entendre…

Et le commissaire le voyait danser comme s'il était dans la pièce en même temps que les autres et la danse macabre semblait la scène d'un film en noir et blanc, avec cette lumière tremblotante qui venait de la fenêtre…

Ce fut là qu'arriva ce que Montalbano avait peur qu'il ne lui arrive.

Tandis qu'avec son imagination il se figurait la scène, peu à peu le corps nu et ensanglanté de Manzella acommença à se transformer et devint plus velu, et le sol n'était plus de terre cuite mais de sable, il était tout semblable à la plage de Marinella…

Dans une espèce d'éclair de lumière, de flash aveuglant, il s'aretrouva comme ce matin-là où il avait contemplé la mouette qui dansait sa mort.

Mais l'oiseau ne poussait pas le cri déchirant qu'il avait entendu ce jour-là ; à présent, il avait une voix humaine, celle de Manzella qui implorait pitié en pleurant…

Et il entendit clairement les rires des deux hommes qui se régalaient, comme ils s'étaient régalés avant…

La mouette à présent était arrivée à l'article de la mort.

Manzella était tombé à terre, il n'arrivait plus à tenir debout, et il se tordait, en essayant de relever sa tête.

La mouette faisait des mouvements d'avant en arrière avec son bec, comme si elle voulait poser quelque chose dans un endroit trop haut pour elle.

Alors les deux hommes s'approchèrent de Manzella, le soulevèrent de terre, commencèrent à le traîner dans tous les sens, en le besognant au couteau tandis que le sang giclait sur les murs, les meubles…

Mais avant, ils s'étaient offert encore un petit plaisir…

Puis, tout s'arrêta, peut-être parce qu'un coup de vent rouvrit nouvellement les fenêtres.

Il s'atrouva assis sur les marches, les yeux clos, le visage entre les mains.

C'était passé. C'était de cela qu'il avait eu peur dès le premier instant où il était entré dans la pièce, qu'une réalité se superpose immédiatement à une autre. Non, ce n'était pas comme un rêve qu'on se représente de nouveau les yeux ouverts, non, ce n'était pas du déjà-vu, c'était quelque chose de totalement différent, un écart de la raison, un défaut momentané, un court-circuit qui vous projetait sur une terre inconnue de vous, tandis que le temps confondait le passé, mêlait des faits survenus à des dates différentes, en faisant d'eux un unique présent…

Maintenant, il se sentait beaucoup plus calme.

Il ouvrit les yeux et regarda vers où la mouette lui avait indiqué avec son bec.

Il y avait un tableau fixé à un mur, mais il n'arriva pas à distinguer ce qu'il représentait, c'était trop loin.

Il se leva, s'approcha. Quatre roses rouges. Peintes qu'on les aurait dites photographiées, horribles. Autrefois, on en voyait sur les boîtes de chocolats.

Son bras droit se tendit de lui-même, sans qu'il ne le lui ait ordonné. La main, indépendante, détacha le tableau du mur, le retourna. Derrière, il n'y avait rin, que le papier marron qui cachait la partie postérieure de la peinture. Sa main écarta les doigts, le tableau tomba à terre, le verre se rompit, le cadre perdit la partie du dessous et de là sortit à moitié une enveloppe blanche. Le commissaire ne s'étonna pas, cela lui parut une chose naturelle, une chose qu'il avait sue depuis toujours. Il se baissa, la prit, l'empocha.

Maintenant, il ne lui restait plus qu'une chose à faire : s'en aller au plus vite de cette maison. Il se dirigea vers la porte et se bloqua.

Les empreintes !

Il avait dû en laisser des centaines dans toutes les pièces où il était entré !

Juste après, il eut presque envie de rire : il pouvait s'en contrefoutre qu'on les trouve. Elles n'étaient enregistrées nulle part, alors que celles de Carmona et de Sorrentino, oui.

Avant de sortir de la pièce, il ne parvint pas à l'éviter : il lança un nouveau coup d'œil sur les deux préservatifs usagés, jetés à terre près de la table.

Dès qu'il monta en voiture, il regarda sa montre. Et sur le moment, il eut l'impression qu'elle s'était déréglée.

Comment était-il possible qu'il soit 4 heures ? Comment était-il possible qu'il soit resté presque trois heures à l'intérieur de cette maison sans même s'en rendre compte ?

La hauteur du soleil qui apparaissait et disparaissait entre les nuages lui confirma que sa montre marchait bien. Alors, comment l'expliquer ?

« C'est quoi, c'te nouveauté ? Qu'est-ce qu'il est en train de te mettre en tête, bon sang ? Maintenant, il veut commencer à se convaincre qu'un autre fait extraordinaire est arrivé chez Manzella ? » demanda à l'improviste, Montalbano n° 2, passablement furieux.

« Quel autre fait ? » réagit immédiatement Montalbano n° 1, comme mordu par une vipère.

« Cette histoire de temps. Il ne s'est absolument rien passé de paranormal, de magique, de mystérieux, pas de temps arrêté ou suspendu ou autres conneries de ce genre. Lui, il est resté effectivement trois heures là-dedans et il ne s'est pas rendu compte que le temps passait. Donc, ne commençons pas à penser à un événement extraordinaire parce que dans cette maison, il n'est arrivé absolument rien d'extraordinaire. »

« Ah non ? Alors, comment t'expliques que… »

« Tu veux que je te l'explique ? Brutalement et simplement ? Il est entré dans cette maison déjà bouleversé, avec le sang qui lui battait dans les veines, parce qu'il ne supporte plus la violence, ou du moins la représentation qu'il se fait lui-même de la violence. Durant l'andropause, on devient beaucoup plus sensible à certaines choses. »

« Le coup de l'andropause, tu pouvais te l'épargner. »

« Non, je ne peux pas ne pas en parler, parce que c'est la cause de tout ! Note que là-dedans, lui, il a pratiquement tout vu de ce qui s'est passé. Et c'est tout. Ce n'était pas la première fois que ça lui arrivait. Et il a greffé, sur ce qu'il voyait, la mort de la mouette. Qui l'avait autant impressionné. Voilà tout. La seule nouveauté, c'est la manière dont il a réagi. Comme un vieux, avec les larmes au bord des yeux et les réactions émotives à fleur de peau. Et ce n'est pas bon signe. »

« Qu'est-ce que tu es banal quand tu parles ! Et comment tu l'expliques le fait qu'il ait tout de suite trouvé l'enveloppe ? »

« Pourquoi, d'après toi, c'est le bec de la mouette qui lui aurait indiqué où était cachée l'enveloppe ? Allons donc ! Je t'en prie ! C'est son instinct de flic qui le lui a fait trouver ! Catarella, en fouillant la pièce, aurait mis plus longtemps, mais il l'aurait trouvée lui aussi ! »

« Vous allez arrêter de me faire chier ? » intervint le commissaire. « Je dois conduire, merde ! Vous avez failli me faire renverser ce minot ! »

Mais il sentit que la discussion, au fond, lui avait fait du bien, qu'elle avait remis les choses en place. Il n'avait pas le moindre 'pétit, donc il s'arrêta au premier bar rencontré et se but un café double.

— Augello et les autres sont partis ?

— Oh que oui, *dottori*. Déjà depuis une demi-heure. Sachez que Mme Fazio, le pistolet, elle l'a apporté.

— Va me le mettre dans la voiture.

Il entra dans son bureau, prit l'enveloppe dans sa poche, et sans même l'ouvrir, la glissa dans un tiroir qu'il ferma à clé.

Il ne voulait pas être distrait par d'autres nouveautés. Le plus important, maintenant, c'était que Fazio arrive sain et sauf à Palerme.

Le premier coup de fil, Mimì le lui passa qu'il était cinq heures et demie.

— Totò Monzillo te passe le bonjour, dit Augello.

C'était un brave collègue de la questure de Montelusa.

— Qu'est-ce que ça signifie ?

— Qu'est-ce que tu veux que ça signifie, Salvo ? Que Monzillo est là, avec moi, à Fiacca. Nous nous sommes rencontrés au parking. Il est avec quatre hommes.

— Et qu'est-ce qu'il fait là ?

— Il attend l'ambulance avec Fazio pour l'escorter jusqu'à Palerme. Il a eu l'ordre de Bonetti-Alderighi. Donc, moi, je dirais que nous pouvons…

— Rentrer à Vigàta ? Oublie !

— Mais qu'est-ce qu'on va faire ? Une procession ?

— Oui.

— Ça ne te semble pas ridicule ?

— Pas du tout. Tu es au courant pour la voiture métallisée, pour Carmona, tu sais pourquoi ils veulent tuer Fazio alors que Monzillo sait que dalle.

— Tu as raison, dit Augello.

C'est justement là-dessus qu'il avait compté : que le Questeur, comme il était logique, enverrait une escorte. Et comme ça, Carmona et son ami s'apercevraient presque tout de suite qu'il y avait deux voitures de police qui accompagneraient l'ambulance et, presque certainement, ils renonceraient à l'entreprise. C'étaient des assassins, pas des kamikazes, et ils y tenaient, à leurs vies de bêtes puantes. Il se sentit un peu moins inquiet. Et acommença à signer des papiers.

— On part. Il est six heures pile, dit Mimì.

— Merci, bon voyage.

— On est à mi-chemin et tout se passe bien. À part qu'il tombe quelques gouttes.

Le cinquième appel, lui, tarda. Au bout de vingt-cinq minutes, Montalbano commença à s'agiter sur sa chaise, à un point qu'à un certain moment, à la place de sa signature, il fit un vague gribouillage. Il se leva, alla à la fenêtre, s'alluma 'ne cigarette et à ce moment-là, Mimì appela.

— Pourquoi t'es en retard ?

— Écoute, il y a eu tout un bazar, une fausse alerte.

— Tu es sûr qu'elle est fausse ?

— Sûr. Une voiture, avec deux hommes à bord, juste après avoir dépassé la voiture, s'est mise en travers. C'était à cause de la route mouillée. Mais on a tout de suite pensé à un guet-apens et on a encerclé l'auto. Imagine-toi ça ! Ces malheureux se sont vu pointer huit armes, entre les pistolets et les mitraillettes, ils ont été obligés de descendre bras en l'air, on les a fouillés, le plus vieux, qui souffre du cœur, a eu une demi-attaque.

— Et c'était qui ?

— L'évêque de Patti et son secrétaire.

— Merde !

— Je crois que l'affaire n'en restera pas là.

DIX-SEPT

Le huitième et dernier appel d'Augello arriva qu'il était presque 8 heures du soir.

— L'ambulance vient d'arriver à l'infirmerie. Il ne s'est rien passé, voyage très tranquille, à part l'histoire de l'évêque, je ne crois pas même qu'ils nous aient suivis. Écoute, comme on va être rentrés vers les 10 heures, je me fais raccompagner à la maison et on se voit demain matin.

— D'accord.

Maintenant, oui, qu'il pouvait enfin voir ce que lui avait écrit Manzella.

Il ouvrit le tiroir, prit l'enveloppe qui n'était pas fermée. À l'intérieur il y avait deux feuilles, écrit serré sur les deux côtés. Il entama sa lecture.

Commissaire Montalbano...

Il fit un bond sur sa chaise, comme si quelqu'un l'avait interpellé soudain.

Pourquoi Manzella lui avait-il écrit justement à lui ? Il continua de lire.

Quand il eut fini, il se leva et se mit à marcher, lentement, tout autour de son bureau. Quand il eut fait une dizaine de tours, il tira un mouchoir de sa poche et s'essuya le front. Il était tout transpirant. Ça, ce n'était pas une lettre, mais un nœud coulant bien savonné pour se pendre, un pistolet avec la balle dans le canon, 'ne mèche allumée.

— Allô, Mimì ? Montalbano, je suis. Je suis désolé, mais quand tu arriveras à Vigàta, il faut que tu viennes directement au commissariat. Je t'attends.

— Mais j'avais déjà dit à Beba de préparer…

— Je m'en fous.

— Merci de ta compréhension.

— Allô, Angela ? Montalbano, je suis. Écoute, je suis désolé, mais ce soir, on ne peut pas se voir.

— Pourquoi ?

— Un imprévu. Je vais devoir rester au commissariat toute la nuit. Il y a une vaste opération qui implique toute la province.

— Et alors, quand est-ce qu'on se voit ?

— Je t'appelle vers 16 heures et on se met d'accord. Salut.

Aller manger, hors de question. Cette sale histoire promettait de finir comme elle avait commencé, c'est-à-dire en lui coupant le 'pétit matin et soir.

Il prit la direction du port. Sur le môle du levant, il n'y avait pas âme qui vive, alors qu'à distance, sur le môle du ponant, où abordaient les chalutiers et où se dressaient les grands entrepôts frigorifiques, les puissants projecteurs éclairant la zone de chargement et de déchargement étaient déjà allumés.

C'était grâce à ces projecteurs que Manzella, avec sa longue-vue, avait pu voir... Peut-être que la concierge avait pu voir avec la même longue-vue. Et tous les deux y avaient laissé leur peau.

Le halo des phares faisait pâlir le ciel au ponant. On aurait dit que le tournage d'un film se préparait.

« Ah, si ça pouvait être un film ! » pinsa le commissaire.

Mais, en fait, c'était une histoire vraie. La lumière intermittente du phare à la pointe de son môle lui permit d'arriver au rocher plat sans se rompre le cou. Il s'assit, la cigarette déjà allumée.

Il fallait prendre une décision, quelle qu'elle fût, avant l'arrivée de Mimì. Passqu'ensuite, quand il en parlerait avec lui, il devait avoir des arguments forts pour le faire venir de son côté. Mais les décisions ne pouvaient être que deux : ou s'y enfoncer jusqu'au cou, dans cette histoire, et risquer d'en sortir battu par les mesures disciplinaires, les polémiques, les interpellations, ou se retirer et rester à observer comment les autres s'en débrouillaient. *Tertium non datur*.

Par exemple, il pouvait se dire à lui-même :

« Tu as 57 ans, tu es au terme de ta carrière, qu'est-ce que t'irais t'embourber dans une affaire qui peut très mal finir ? »

Ou bien, il pouvait dire :

« Tu as 57 ans, tu es au terme de ta carrière, donc tu n'as plus rien à perdre. Fonce. »

« Non, non, dit Montalbano nº 2. Le mieux, c'est ce qu'il a pensé en premier, il n'a plus l'âge de jouer les héros, ni de se battre contre des moulins à vent. »

« Mais quels moulins à vent ? Ces gens sont de véritables monstres », s'arebella Montalbano nº 1.

« Bien sûr que ce sont des monstres véritables, féroces. C'est justement pour ça qu'il doit se tenir à l'écart : il n'a plus la force de les combattre. Il ne s'agit pas de lâcheté ou quoi que ce soit de ce genre, il doit simplement admettre qu'il ne peut plus y arriver. »

« Mais la lettre lui a été adressée à lui ! Manzella lui demande directement d'intervenir ! Il ne peut pas se dérober ! »

« On peut réfléchir un peu ? Manzella ne le connaissait même pas, Montalbano. Il lui a écrit à lui parce qu'il pensait qu'il serait chargé de l'enquête. Ce n'est pas une demande personnelle, tu comprends ? »

« Mais alors, d'après toi, qu'est-ce qu'il devrait faire ? »

« Aller voir le Questeur, tout lui raconter et lui remettre la lettre. »

« Et qu'est-ce qu'il va faire, d'après toi, le Questeur ? »

« Presque certainement, il la transmettra aux Services. »

« Ce qui équivaut à la jeter à la poubelle. Et à faire passer à l'as trois morts et une tentative de meurtre ! »

En somme, un cœur d'âne et un cœur de lion. Ah, à propos d'animaux, comment c'était cette histoire du mouton qu'il avait lue dans *Don Quichotte* ?

Ah, oui, voilà. Sancho raconte à Don Quichotte l'histoire d'un berger qui doit faire passer le fleuve à ses trois cents moutons. Il les transporte un par un dans une barquette en priant Sancho de bien tenir le compte des voyages et en l'avertissant que, s'il se trompe, le récit s'interrompt. De fait, Sancho se trompe et n'est plus capable de continuer à raconter à Don Quichotte comment l'histoire finit. Quelle merveille si lui, Montalbano, n'était plus capable de raconter l'histoire à Camilleri !

Mais au bout d'un quart d'heure de pense que j'y repense, touille que je te retouille, il parvint à une décision. Il calcula qu'il restait une quarantaine de minutes avant l'arrivée d'Augello. Il avait un peu de temps. Il lui fallut dix minutes pour arriver au môle du ponant. La besogne ne battait pas encore son plein, il n'y avait que trois chalutiers au déchargement. Le plus gros de la flotte arriverait beaucoup plus tard. Rizzica se tenait devant l'entrepôt numéro 3, en train de parler avec un type. Mais dès qu'il areconnut le commissaire, il vint à sa rencontre.

— Vous êtes venu me chercher ?

— Non. De toute façon, nous nous voyons demain, il me semble. Je crois que le *dottor* Augello vous a convoqué.

— Oh que oui, mais étant donné que vosseigneurie est là, je voudrais vous parler.

— Parlons.

Rizzica s'adirigea vers ce coin plein de caca et de pipi dont la puanteur avait déjà asphyxié Montalbano.

— Non, là, non, dit le commissaire. Dirigeons-nous vers la pointe du môle.

— Très bien, consentit l'autre.

— Je vous écoute.

— *Dottore*, je vous le dis tout de suite, comme ça, je m'ôte ce souci. Je me suis trompé.

— En quoi ?

— Quand je suis venu faire cette espèce de déposition. Je me suis trompé.

— Ce n'était pas vrai que le commandant et l'équipage de votre chalutier faisaient du trafic de drogue ?

— Oh que non.

— Et alors, comment se faisait-il que certaines fois ils tardaient à rentrer ?

— Commissaire, c'est un chalutier marqué par la malchance. Des bateaux, il y en a tant, et pas seulement des chalutiers, qui naissent sous une mauvaise étoile. Ils portent avec eux le mauvais sort. J'ai fait changer le moteur et il n'est pratiquement plus en retard. Donc…

— Vous devez quand même venir au commissariat, je regrette. Nous dresserons un procès-verbal de ce que vous nous direz et vous pourrez partir.

Ils étaient arrivés au dernier entrepôt, presque à la fin de la jetée. Là, les projecteurs n'étaient pas allumés, il n'y avait aucun mouvement.

— À qui appartient cet entrepôt ?

— À moi.

— Et comment se fait-il qu'il soit fermé ?

— Commissaire, cet entrepôt, je m'en sers quand il y a une grosse pêche et que les deux autres ne me suffisent pas. Mais ce soir, on m'a déjà avisé que la pêche était maigre.

Donc, c'était dans cet entrepôt qu'ils avaient conduit Fazio, tout de suite après lui avoir tiré dessus.

Commissaire Montalbano, comme, s'ils me tuent, ce qui est très probable, vous serez, vous, chargé de l'enquête, je souhaite que, si vous êtes aussi fort que ce qu'on entend dire partout, vous réussissiez à trouver facilement ma lettre. J'ai connu Giovanna Lonero, transsexuel, trentenaire, durant une réunion particulière à Montelusa. Comme je me suis senti tout de suite très attiré par elle, elle m'a confié qu'elle vivait pratiquement recluse dans un appartement de Vigàta, à disposition de son amant dont elle refuse de me donner le nom. Elle ne sortait que de nuit et quand son amant quittait la ville pour affaires. J'ai réussi à me faire donner son numéro de portable, mais elle ne voulut pas prendre le mien parce que s'il était découvert par son homme, qui était très jaloux, elle pouvait avoir de gros problèmes. Depuis cette nuit, je lui téléphonai pratiquement chaque jour, mais son portable était éteint ou bien elle ne répondait pas. Un jour enfin, elle me répondit, elle dit qu'elle aussi avait très envie de me rencontrer, qu'elle avait beaucoup pensé à moi mais qu'elle ne pouvait à aucun moment se faire voir dehors ni avec moi ni avec n'importe quel autre homme. Elle accepta de venir chez moi le lendemain vers minuit. Nous découvrîmes ainsi que nous habitions très près (moi, j'étais alors via della Forcella, elle habitait via delle Magnolie) et donc elle n'avait pas besoin de prendre sa voiture, qui aurait pu attirer l'attention. Elle fut ponctuelle et resta avec moi jusqu'à 5 heures du matin. Après cette première rencontre, beaucoup d'autres suivirent. À ce point, je dois vous faire noter que je possède une grosse longue-vue, avec laquelle j'aime épier l'intimité des gens. Une nuit, tout à fait par hasard, je la pointai vers la partie externe du môle du ponant, pendant que battaient leur plein les opérations de déchargement des chalutiers, de chargement des camions frigorifiques et de remplissage des entrepôts. Depuis ce jour, de temps en temps, je me détournais des fenêtres éclairées et allais regarder le trafic sur le môle. Ce fut ainsi qu'il m'arriva d'assister à une scène qui me parut très étrange. De l'un des camions frigorifiques, qui était arrêté dans un endroit beaucoup moins fréquenté que les autres, c'est-à-dire devant le dernier entrepôt au bout du môle, furent en toute hâte débarquées quatre grosses caisses, sous la direction d'un quadragénaire grand et maigre, et chargées sur un chalutier qui aussitôt après se mit en route pour aller jeter l'ancre à l'intérieur du port. Entre-temps, le camion frigorifique avait été chargé de caisses de poissons et était reparti. Trois nuits plus tard, comme la scène se répétait, Giovanna arriva. Elle voulut voir ce que je regardais et aussitôt s'écarta, épouvantée. « Mon Dieu, mais c'est Franco ! » Le quadragénaire grand et maigre était son amant, Franco Sinagra. Elle était bouleversée, comme si cet homme avait eu le pouvoir de la voir à son tour dans ma chambre. Elle ne voulut pas rester, elle s'en alla peu après. Durant les rencontres suivantes, je dus faire beaucoup d'efforts pour en apprendre davantage. De mon côté, je m'étais employé à me renseigner et, dans mon milieu (on est très bavard, dans mon milieu), quelqu'un m'avait expliqué que Franco Sinagra était le survivant de la famille mafieuse du même nom et qu'il était contraint de garder le plus grand secret sur sa relation avec Giovanna parce que le strict respect de la prétendue normalité est encore de règle dans la Mafia. Et surtout, parce qu'il était marié avec la fille d'un parrain de Rivera et que son beau-père ne le lui pardonnerait pas. En somme, si l'histoire venait à se savoir, il risquerait de tout perdre, pouvoir et richesse. En outre, Giovanna m'avait dit que c'était un homme avare, affecté d'une espèce de tic : il s'emparait de tout ce qui lui tombait sous la main. Il s'était même emporté deux petits bijoux de peu de valeur de Giovanna qui l'avait surnommé « la pie voleuse ». Peu à peu, j'arrivai de moi-même à la conclusion logique que, de quelque trafic qu'il s'agisse, ce devait être d'une extrême importance, si c'était un chef mafieux en personne, et non pas un de ses hommes de main, qui dirigeait les opérations. Commissaire, à ce point, je n'ai aucune réticence à vous avouer que Giovanna et moi avons compris être très amoureux. Si, dans un tel cas, le mot amour vous dérange, remplacez-le par passion. Et donc, je conçus, sans jamais en parler à Giovanna, un plan pour éliminer Franco Sinagra et la garder toute à moi. D'elle, à demi-mots, j'appris en quoi consistait le mystérieux trafic : il s'agissait de transporter vers un pays arabe des armes chimiques fournies par la Mafia russe. Dans le trafic étaient impliqués deux chalutiers appartenant à un certain Rizzica, qui est au courant de tout. Mais il y avait plus : Giovanna laissa échapper qu'en réalité, celui qui tire toutes les ficelles, c'est le député Alvaro di Santo, actuel secrétaire d'État au commerce extérieur. Une nuit, elle m'annonça que Franco allait devoir prendre l'avion le lendemain pour Rome. Elle était heureuse de la perspective de pouvoir passer quelques nuits avec moi en totale liberté. Je la déçus aussitôt en lui disant que le lendemain, moi aussi, je devais partir pour Palerme parce que ma mère était mal. Sans éveiller chez elle le moindre soupçon, je me fis dire à quelle heure son Franco partirait de Punta Raisi. Commissaire, j'étais tellement pris par mon plan, que je n'ai pas évalué les conséquences possibles de mes actes. Je vous dirai, en bref, que j'ai pris le même avion et qu'à Rome je ne l'ai pas lâché d'une semelle. J'ai eu un coup de chance : j'ai réussi à le photographier avec un portable, dans un restaurant de la périphérie, avec le député Di Santo, dont je m'étais auparavant procuré la photo dans un annuaire parlementaire. Puis, avec un appareil muni d'un téléobjectif qu'on m'avait prêté, j'ai photographié Franco en action avec ses caisses. Mais un jour maudit, un de mes amis m'a révélé que, durant notre absence (la mienne et celle de Franco), Giovanna s'était bien amusée à Fiacca. Emporté par la jalousie et la colère, j'ai décidé de téléphoner à Fazio, pour dénoncer tout le monde, Giovanna y compris, et rompre toute relation avec elle en changeant même de logement. Mais avec Fazio, j'ai dû tergiverser, parce que Giovanna est soudain réapparue dans ma vie. Mais je l'ai trouvée d'une certaine manière différente d'avant. Est-elle sincère ou bien me cache-t-elle quelque chose ? Peut-être est-ce vous, commissaire, qui devrez répondre à cette question, quand je ne pourrai plus l'entendre.

Filippo Manzella

P.-S. : Les photos se trouvent dans le coffre-fort à mon nom, à la Banca dell'Isola, agence de Vigàta.

Mimì posa la lettre sur le bureau et, de l'index, la fit glisser vers le commissaire. Durant la lecture, il n'avait pas eu la moindre réaction et, maintenant, il était d'une froideur de glaçon.

— Avant tout, attaqua-t-il, je veux savoir comment tu t'es débrouillé pour entrer en possession de cette lettre.

Il parlait en 'talien. Mauvais signe. Peut-être n'était-il pas aussi calme qu'il voulait l'apparaître. Montalbano comprit avoir commis une erreur en lui donnant la lettre sans un mot d'explication. Il arrangea une version modifiée par rapport à celle qu'il avait préparée. Sur le moment, elle lui parut plus logique.

— Pendant que j'étais à la trattoria, j'ai reçu un appel de Fazio qui se rappelait une adresse que lui avait donnée Manzella. J'ai fini de manger et j'y suis allé. Et j'ai trouvé cette lettre qui était…

— Ne saute pas les détails. Je suis un flic autant que toi. C'est clair ? La porte était ouverte ?

— Non.

— Et comment tu as fait pour entrer ?

— Ben, j'avais une clé qui, par hasard…

— T'as bientôt fini de me raconter des conneries ? l'interrompit Augello.

Alors, le commissaire adécida que le mieux était de tout lui raconter.

— Tu étais armé ?

— Non.

— Tu es, avec tout le respect dû à mon supérieur, un parfait crétin. Sinagra pouvait avoir laissé quelqu'un de garde.

— Bon, d'accord, mais le fait est qu'il n'y avait pirsonne. On réfléchit un peu ?

— Sur quoi ? Sur la lettre ? Il n'y a pas grand-chose à réfléchir. Maintenant, tu la remets dans l'enveloppe, tu me donnes cette clé qui, par hasard, etc., etc. et moi, je vais la remettre dans le tableau.

— Et puis ?

— Et puis, tu me donnes officiellement mission d'aller voir ce qui s'est passé dans cette maison. Moi, je découvre que c'est là qu'on a tué Manzella, j'appelle la Scientifique et je m'arrange pour que Arquà ou un autre trouve la lettre. Lui, tu parles s'il va me la consigner à moi, malgré mon insistance, il ira la porter directement au Questeur et nous, enfin, on pourra aller danser dans les prés. C.Q.F.D.

— Bref, *Pilato docet*, dit Montalbano, amer.

— Quand tu te mets à parler en latin, tu me fais chier.

— Et d'après toi, que fera le Questeur ?

— J'en ai strictement rien à foutre.

— Je n'aime pas ta manière de raisonner, Mimì.

— Ah bon ? Mais c'est toi qui m'as appris à voir les choses concrètement !

— Pourquoi, ce qui est écrit dans la lettre n'est pas concret ?

— Bien sûr que c'est concret ! Mais absolument inutilisable. Il n'y a pas l'ombre d'une preuve !

— Mais qu'est-ce que tu racontes ? Demain, Rizzica doit venir ici et on va bien le mettre sous pression. Lui, il est là-dedans jusqu'au cou, et l'entrepôt où séjourne le camion, c'est le sien, les chalutiers sont à lui…

— Comment tu l'as su que l'entrepôt est à lui ?

— C'est lui qui me l'a dit. Je l'ai rencontré il y a quelques heures au port et il m'a dit aussi que demain il viendra nous expliquer qu'il s'agissait d'un malentendu, qu'effectivement son chalutier avait un moteur qui marchait mal.

— Tu vois ? Lui, quand il a su qu'on avait tiré sur un de nos hommes, il a chié dans son froc et il est venu se faire un alibi. Il se défendra facilement en criant : mais c'est moi qui ai été le premier à témoigner qu'il y avait quelque chose qui ne tournait pas rond ! Quel motif j'aurais eu de mettre la police au courant ? Et puis, n'oublie pas que lui, il a plus peur de Sinagra que de nous.

— On peut essayer une autre route. Organisons une surveillance et dès que le camion frigorifique arrive avec Sinagra, on intervient et…

— … et on nous retire tout de suite l'affaire. Imagine-toi ! Ils vont laisser *a tia e a mia*, à toi et moi, à un minable commissaire et à un plus minable encore commissaire-adjoint, une enquête sur un trafic d'armes chimiques avec un pays arabe ! Les Services vont intervenir, les bons services et les services ripoux, et au bout de deux jours…

— … le secrétaire d'État Di Santo dira à la télévision qu'il s'agissait de médicaments pour les minots du Darfour et que nous nous sommes plantés dans les grandes largeurs.

— Tu vois que tu commences à comprendre ?

— Oui, mais les photographies…

— Salvo, ces photos, en admettant même que tu obtiennes l'autorisation d'ouvrir le coffre, en admettant même que les photos soient encore là-dedans, en admettant même que le magistrat te les laisse en main plus de deux secondes, elles représentent que dalle, merde !

— Comment ça ? Un secrétaire d'État qui va manger avec un mafieux du calibre de Franco Sinagra ?

— Ah, tu parles d'un scandale, d'une honte ! Quoi qu'ils fassent, désormais, nos députés s'en foutent, de l'opinion publique ! Ils se droguent, ils se tapent des putes, ils volent, magouillent, se vendent, parjurent, font des affaires avec la Mafia et qu'est-ce qui peut leur arriver ? Au grand maximum, les journaux en parlent pendant trois jours ; puis tout le monde les oublie. Mais eux, de toi, qui as déclenché le scandale, ils se souviendront, tu peux en être sûr, et ils te le feront payer.

— On pourrait demander à Tommaseo l'autorisation d'écouter les appels entre Sinagra et…

— … et le député Di Santo ? Mais dans quel putain de monde tu vis, toi ? Aucun magistrat, de nos jours, ne t'accorderait cette autorisation et, en plus, il ne pourrait même pas le faire, parce que ces gens savent bien se blinder : il faut d'abord demander l'autorisation du Parlement. Et tu peux toujours courir qu'ils te l'accordent !

Montalbano l'écoutait avec une espèce de lassitude croissante. Parce que c'était des paroles qu'il aurait pu lui-même prononcer. Mais il comprit que continuer à parler avec Augello serait gaspiller sa salive ; il ne le ferait pas bouger de sa position. Le mieux était de l'envoyer se coucher. Il se tut un moment, comme s'il réfléchissait sur les propos de Mimì, puis il se baissa, prit l'enveloppe vide, y mit les feuilles et la tendit à Augello qui l'empocha.

— Demain matin, à 8 heures au plus tard, tu vas via Bixio. Emmène Gallo. Et Galluzzo laisse-le-moi ici.

— Très bien. Et dors tranquille. On ne pouvait pas faire autrement.

Du point de vue d'un ignoble bon sens, certes, on ne pouvait pas faire autrement. Le discours que lui avait tenu Augello lui appartenait, bien sûr, mais ce n'était que la première partie du discours complet que lui, à la place de Mimì, aurait tenu.

La deuxième partie, en fait, aurait commencé comme ça : tout cela étant dit, comment peut-on faire pour les baiser tous tant qu'ils sont, du député Di Santo à Sinagra, sans se faire mettre soi-même ? Tel était le tracassin.

Et il devait se donner la réponse tout seul, en se faisant venir une de ces belles pinsées que toi-même tu te fous la frousse de l'avoir pinsée. Quant à tout laisser tomber, hors de question.

DIX-HUIT

Il se levait pour aller à Marinella quand son portable sonna.

— Écoute, tu es encore au commissariat ? demanda Angela.

— Oui. Pourquoi ?

— Il faut que je te voie, ne serait-ce que cinq minutes. Je dois te dire quelque chose de très important.

Elle avait peur, elle parlait d'une voix étouffée. Mais il ne voulait pas perdre de temps avec elle, il devait absolument rester tranquille à Marinella pour réfléchir.

— Ce n'est pas possible, je te l'ai dit. Qu'est-ce qui t'arrive ?

— Cette personne que tu sais s'est manifestée.

Carmona. Comme tous les gens en cavale, il allait et venait à sa pure convenance sans que personne, police et carabiniers compris, l'areconnaisse jamais.

— Qu'est-ce qu'il voulait ?

— Savoir si ce soir on se voit. Je lui ai dit que tu avais un engagement et que nous nous verrions demain. Et alors, il m'a dit que je devais faire un truc.

— Quoi ?

— Au téléphone, je te le dis pas.

Elle avait vraiment peur, sa voix tremblait.

— Essaie de rester calme. Tu me diras ça demain soir.

— Non. Je dois absolument te le dire ce soir, pour que tu puisses…

— Écoute, rencontrons-nous cinq minutes, mais trouvons-nous à mi-chemin, comme ça, je pourrai revenir vite au commissariat. Tu as fini ton service ?

— Depuis un quart d'heure.

— Tu connais le motel Torrisi ? Oui ? Si on part tout de suite, on peut se voir là-bas dans trois quarts d'heure. Ah, ne descends pas de la voiture quand tu arrives, attends-moi au parking. Et fais attention de ne pas être suivie.

Tandis qu'il roulait, il ne pinsait pas à ce qu'Angela devait lui dire, mais à la manière de coincer Sinagra et avec lui, par ricochet, Di Santo. Passque ce que lui avait raconté Mimì, c'était pas faux mais il était vrai aussi qu'il y a une limite à tout. Par exemple : c'est une chose d'aller manger avec un type qui est un mafieux en général et c'en est une autre que de se trouver en compagnie d'un mafieux publiquement reconnu comme commanditaire de deux meurtres et d'une tentative d'homicide. Plus grande serait la publicité donnée à l'arrestation de Sinagra et plus grande serait la honte publique infligée au secrétaire d'État. Donc le problème unique était : comment baiser Sinagra ?

Quand il arriva au parking, il faisait presque nuit, il n'avait pas encore réussi à trouver la réponse. Il descendit de la voiture. Il y avait trois autres autos à l'arrêt. L'une d'entre elles fit des appels de phare.

— Monte, dit Angela en lui ouvrant la portière.

Et dès qu'il fut à l'intérieur, elle se suspendit à son cou et l'embrassa longuement.

— Je ne suis pas sûre qu'ils ne m'aient pas suivie, lui dit-elle à voix basse, tandis que le commissaire, encore étourdi par cette attaque soudaine, reprenait ses esprits. Donc faisons semblant que nous sommes là pour…

— Alors, passons sur le siège arrière, suggéra Montalbano. Comme des amants qui, même pour cinq minutes…

Ils descendirent, passèrent à l'arrière.

— Allonge-toi, lui ordonna Angela.

Le commissaire obéit et elle, après avoir grimpé sur lui, la jambe droite sur le siège à côté de lui, l'autre avec le pied appuyé contre le sol de la voiture, le serra fort. Montalbano ne pouvait bouger.

— Carmona m'a dit que demain soir je dois te faire boire beaucoup et t'épuiser. Et que quand je te verrai dormir profondément…

Le problème était qu'elle, en parlant tout excitée, faisait tantôt onduler ses hanches, tantôt appuyait sa poitrine, et l'effet sur le commissaire était terrible.

— … quand je te verrai profondément endormi, je devrai aller leur ouvrir la porte et les faire entrer. Mais tu m'écoutes ?

— Hein ? fit Montalbano.

À cet instant précis, il était en train de se réciter le premier chant de l'*Illiade* : « Chante, ô Muse, la colère d'Achille, fils de Pélée… », mais avant, il avait d'abord eu des flashs de pinsées, pour le 2 novembre, jour des morts, pour deux ou trois massacres, pour une vieille qu'on avait dépecée. Mais avec le poids de la fille, la chaleur de son corps, son souffle à elle, il n'arrivait vraiment pas à les annuler. Il faisait des efforts surhumains pour ne pas rendre, comment dire, palpable ce qu'il ressentait.

— Ils veulent que je leur ouvre…

— Oui, oui, j'ai compris. Mais pourquoi ?

— Carmona dit qu'ils veulent te photographier nu à côté de moi nue. Pour te faire chanter.

— Et pourquoi tu as pensé qu'il était urgent de me le faire savoir ?

— Parce que je ne suis pas convaincue qu'ils veulent seulement te photographier. Et puis parce que toi, si tu le sais avant, tu peux peut-être prendre Carmona sur le fait.

— Tu as raison, je vais prendre des mesures, merci.

Détaché, oui, mais toujours courtois, le commissaire Montalbano ! Toujours *compos sui* (mais putain, qu'est-ce qui lui prenait de parler en latin ?), même avec une belle gonzesse collée contre lui.

— Maintenant, désolé, mais je dois vraiment y aller.

Angela s'écarta, il se redressa, ils sortirent de la voiture, s'embrassèrent. Exactement pareil à deux amants qui venaient juste de se faire un petit plaisir.

— Je t'appelle demain.

Il attendit que la fille reparte, puis entra dans le motel.

— Excusez-moi, je peux me servir des toilettes ? demanda-t-il au concierge qui l'aconnaissait.

— Bien sûr, commissaire.

Il s'y enferma, retira veste et chemise, ouvrit le robinet et mit dessous sa tête qui fumait.

Des photos compromettantes, mon œil ! Ils en feraient, oui, mais après, passque ce qui allait se passer quand Carmona et son ami entreraient chez lui avec un appareil photo, il feraient coucher Angela nue à côté de lui et puis Carmona sortirait son revorber et les tuerait tous les deux. Presque la répétition de ce qu'ils avaient fait à Manzella. Après, ils mettraient les *cataferi* dans des poses plus ou moins obscènes et les photographieraient. Titres des journaux et des télés : « Le commissaire Montalbano et sa jeune maîtresse tués dans leur sommeil. Crime passionnel ? » Et à tous les coups, on découvrirait que c'était un ex-amant jaloux d'Angela qui leur avait tiré dessus. Un film déjà vu, mais que les gens ne se lassent jamais de revoir.

Mais pourquoi hausser le tir pour s'en prendre lui ? Peut-être que Mimì avait raison, la maison de la via Bixio était surveillée. Leurs soupçons avaient dû être éveillés par le fait qu'il n'avait pas appelé tout de suite la Scientifique, mais qu'il avait gardé l'affaire pour lui. Ce silence les inquiétait, les troublait : Si Montalbano agit ainsi, c'est passque là-dedans il a sûrement atrouvé quelque chose de dangereux pour nous. Mieux vaut le buter avant qu'il passe à l'action.

Et cela signifiait qu'il n'avait plus beaucoup de temps pour neutraliser Sinagra. Désormais, c'était un duel sans merci.

Il lui fallait rester lucide au moins deux heures. Il se prépara la grande cafetière et, quand l'eau passa, se la porta sur la véranda. La soirée était un peu fraîche et il avait déjà froid pour son propre compte, la fatigue de la journée acommençait à se faire sentir. Mais il ne remit pas la veste qu'il avait retirée en entrant, le froid l'aidait à faire fonctionner sa tête. La lettre de Manzella lui remontait maintenant en mémoire, il pouvait se l'arépéter mot pour mot. Et c'est ce qu'il entreprit de faire, en changeant la manière de la dire chaque fois : tantôt comme une litanie, tantôt en épelant presque les mots, tantôt en s'arrêtant à chaque ligne. À la cinquième fois qu'il se la repassait, une phrase le frappa de façon particulière : *C'était un homme avare, affecté d'une espèce de tic : il s'emparait de tout ce qui lui tombait sous la main... Giovanna l'avait surnommé « la pie voleuse ».*

La pie voleuse. Qu'est-ce que ça voulait dire ? Pourquoi ça lui paraissait aussi important ? La phrase commença à se répéter dans sa tête, en même temps que certains passages de la musique de Rossini, comme il arrivait avec les vieux disques rayés qui se bloquaient sur une syllabe ou une note.

Enfin arriva l'éclair de lumière.

Une pinsée folle, vraiment d'asile de fous, 'ne mise à la roulette de tout ce qu'il possédait, non, plutôt une espèce de roulette russe, un coup de hasard que s'il se trompait, le lendemain, au minimum, il était viré de la police. Mais il ne lui vint rien d'autre et cette idée lui parut la meilleure.

Il la considéra sous tous les aspects possibles et imaginables. Avec un petit peu de chance, ça pouvait marcher. Il regarda sa montre. Deux heures du matin.

Il se leva, entra chez lui, composa le numéro d'Angela. Après l'avoir tranquillisée pour la peur qu'il lui avait faite, il lui demanda :

— Est-ce que tu aurais sous la main une lointaine parente de plus de 80 ans, si possible veuve, à moitié gaga, qui n'habite pas Fiacca et qui est dans l'annuaire ?

— Mais t'es devenu fou ?

— Presque. Tu l'as ou tu l'as pas ?

— Il y aurait la tante 'Ntunietta…

— Très bien. Alors, écoute-moi attentivement.

Puis il se prit une douche et alla se coucher. Il dormit jusqu'à 7 heures sans interruption d'un sommeil serein, comme un bébé.

Le tiliphone sonna à 7 h 30, comme prévu, il avait eu à peine le temps de courir entre la douche, la barbe et la tasse de café.

— Allô ?

— Montalbano, iciTommaseoc'estquoicettehistoire delalettred'unejeunefemmeàlaquellevousn'avezpas répondu ?

Il parlait en collant les mots les uns aux autres, il devait être très excité.

— Quelle lettre, *dottore* ? demanda-t-il en affectant la plus grande surprise.

— Une jeune femme qui, entre autres, a une voix très sensuelle ?

Il s'arrêta ; il venait sans doute d'avoir entendu un écho de la voix de la fille dans son oreille. Dès qu'il s'agissait de gonzesses, Tommaseo perdait la tête.

— Excusez-moi, je vais boire un verre d'eau.

Il reprit, en parlant à peu près normalement.

— … elle s'appelle Antonietta Vullo, elle est de Rivera. Elle dit qu'elle vous a envoyé une lettre dans laquelle elle soutient que dans le logement à Vigàta d'un certain Franco Sinagra, 28, via Roma, est gardé prisonnier… pardon, prisonnière, un… pardon, une transsexuelle, dénommée Giovanna Lonero qui est systématiquement torturée. Mais vous n'avez pas donné suite à cette lettre. Pourquoi ?

— Sincèrement, il m'a semblé que cette histoire ne tenait pas debout.

— Attention que cette Antonietta Vullo est dans l'annuaire de Rivera ! Elle existe ! Vous avez téléphoné pour vérifier ? Non, pas vrai ? Moi, si, je l'ai fait !

Montalbano se sentit glacé.

— Et qu'est-ce qu'elle vous a dit ?

— C'est une vieille qui m'a répondu, une démente, je n'y ai rien compris. Ce doit être la grand-mère de la fille. Elle m'a dit qu'elle n'était pas là. Montalbano, je vous ai déjà envoyé un mandat de perquisition.

— Écoutez, *dottore*, l'affaire n'est pas si simple. Ce Franco Sinagra est un parrain mafieux qui a des amitiés puissantes.

— Montalbano, vous savez ce que m'a dit la fille ? Que si nous ne nous employons pas tout de suite à libérer cette… pardon, ce transsexuel, elle s'adressera aux journaux et aux télévisions. Donc, si la chose se vérifiait, nous serions dans la merde jusqu'au cou. Nous n'aurions pas pris en considération une lettre avec la signature et l'adresse. À propos, vous l'avez encore ?

— Non, je l'ai jetée.

— Peu importe. Montalbano, ce serait une grave omission de ne pas vérifier, vous me comprenez ?

— *Dottore*, et si toute l'affaire devait être une calembredaine racontée par une dingue, comment va réagir Sinagra ?

— Si vous ne trouvez pas la… pardon… le transsexuel, vous trouverez certainement autre chose. Pensez, si chez un mafieux, on ne…

— Bon, d'accord, *dottore*, si vous le prenez comme ça… Je ne peux qu'obéir à vos ordres.

— Et vous faites bien, pour une fois.

— Zito ? Montalbano, je suis.

— Qu'est-ce qui t'arrive ?

— Je veux te remercier du service que tu m'as rendu pour Fazio. Trouve-toi avec un cameraman au 28, via Roma, ici, à Vigàta, mais ne vous faites pas voir avant mon arrivée.

— Mais au 28, via Roma, c'est la villa de Franco Sinagra !

— Exactement.

— Putain !

Dès qu'il eut raccroché, il appela le commissariat et se fit passer Galluzzo.

Et après avoir fini de lui donner ses instructions, il tiliphona à Mimì.

— Tu es via Bixio ?

— Oui, je suis entré et tout de suite, j'ai trouvé un bordel sanglant. J'ai appelé les gens de la Scientifique et maintenant, je suis dehors à les attendre. J'aime pas rester à l'intérieur.

— Ne me dis pas que toi aussi tu as ressenti un désarroi métaphysique !

— Non, métaphysique, non. Mais tu les as vus, les préservatifs ? Tu l'as compris ce qu'ils lui ont fait, à Manzella ? Mais *chi sunnu, armàli* ? c'est qui, des animaux ? Ah, écoute, j'oubliais : c'est Arquà en personne qui va venir, tu saisis ? Et toi, qu'est-ce que tu fais ?

— Je vais au commissariat parce qu'il y a Tommaseo qui me cherche.

— Et qu'est-ce qu'il veut ?

— Bof.

Les deux voitures de patrouille arrivèrent en une vingtaine de minutes. Galluzzo, qui conduisait la première, lui remit le mandat et le fit monter à la place du passager. L'autre voiture était conduite par Lamarca qui avait à ses côtés un gars de son âge, Di Grado.

— Fais exactement ce que je fais moi, dit Galluzzo à Lamarca.

À l'entrée de Vigàta, Galluzzo mit la sirène et commença à foncer comme s'il poursuivait des braqueurs. Lamarca l'imita. Les gens sursautaient sur les trottoirs et leur lançaient des jurons. Bref, un bordel épouvantable. Devant la porte de la villa du 28, via Roma, Galluzzo freina brutalement et descendit, mitraillette en main, tandis que le commissaire bondissait de l'autre côté. Du coin de l'œil, il vit s'ouvrir les portières d'une voiture à l'arrêt et Zito en sortir avec son cadreur. Au premier étage de la villa, une fenêtre s'entrouvrit et se referma immédiatement.

Avant de presser la sonnette, Montalbano laissa le temps à Lamarca et à Di Grado, eux aussi mitraillette en main, de se mettre en position pour être convenablement filmés. Entre-temps, commencèrent à se pointer une grande quantité de curieux.

Accourez, accourez, mesdames et messieurs, au grand spectacle de feu d'artifice de l'entreprise renommée Montalbano Salvo ! Il est possible que l'artificier meure rôti par ses propres feux, mais le spectacle sera quand même très beau ! Accourez, mesdames et messieurs !

Et donc, pendant qu'il appuyait sur la sonnette, il pinsa que ce son pouvait être un *gloria* ou un *requiem*.

— Qui est-ce ? demanda une voix de femme effrayée.

— Police ! Ouvrez !

La porte s'ouvrit et apparut une femme dans les 35 ans, le cheveu noir, de grands yeux, une femme au sang chaud, mais morte de peur.

— Vous êtes madame Sinagra ?

— Oui. *Mè maritu*, mon mari… mon mari n'est pas là.

— Peu importe. Nous avons un mandat de perquisition. Laissez-nous entrer et refermez tout de suite la porte.

Elle se mit sur le côté. Au rez-de-chaussée, composé d'un grand salon, d'une salle à manger, d'une salle de bains et d'une cuisine, ils n'atrouvèrent rin.

Montalbano grimpa à l'étage et la première chose qu'il vit, dedans une espèce de bureau, ce fut la longue-vue de Manzella devant la fenêtre. Sur le bureau, l'étui des jumelles. Les genoux du commissaire, un instant, se dérobèrent. Pour ne pas tomber, il s'agrippa au bras de Galluzzo.

— Vous vous sentez mal, *dottore* ?

— Non, Gallù, je me sens très bien !

Dans sa tête, résonnait la marche triomphale d'*Aïda*. La pie voleuse, comme il l'avait supposé, n'avait pas réussi à résister aux reflets de la longue-vue toute chromée ! Et elle s'était baisée elle-même.

Dans une petite chambre à coucher, le lit à une place était défait et encore chaud. Et dans la chambre matrimoniale, il était évident que deux pirsonnes avaient dormi.

Il descendit au rez-de-chaussée, s'assit dans un fauteuil, s'alluma une cigarette. Devant lui, Mme Sinagra, de pâle qu'elle était adevenait toujours plus écarlate. Elle commençait à se mettre en colère et à chaque bruit que faisaient ceux de la police à l'étage, elle s'agitait.

À la fin, elle éclata :

— Je peux savoir ce que vous cherchez ?

Mentalement, Montalbano lança en l'air la classique pièce de monnaie. Il avait gagné, parce que Sinagra aurait beaucoup de mal à expliquer comment la longue-vue et les jumelles de Manzella s'atrouvaient chez lui, mais ça ne lui suffisait pas encore. C'était lui, précisément, qu'il voulait avoir en main, Franco Sinagra. La pièce tomba à terre, c'était face, et Montalbano tenta encore le coup.

— Je n'ai pas de difficulté à vous répondre, madame. Nous cherchons une femme.

— Une femme ? Quelle femme ? demanda, abasourdie, l'épouse.

— Il s'agit d'un transsexuel, dénommé Giovanna Lonero, avec lequel votre mari Franco entretient depuis longtemps une relation et…

— Ahhhhhhhhhhh !

Ce fut une espèce de rugissement, mais si fort et soudain que Montalbano bondit sur ses pieds et qu'à l'étage on entendit les pas des trois qui dégringolaient l'escalier pour venir voir ce qui se passait.

— On me l'avait dit ! Ahhhhhhhhh ! On me l'avait dit ! Ahhhhhhhhhh ! Et moi, comme une conne, j'avais pas voulu y croire ! Ahhhhhhhh !

— Calmez-vous, madame, ne faites pas ça !

— *'stu grannisimu figlio di 'na tappinara buttana !* C'te grandissime fils d'une putain tapineuse ! Sainte Mère, quelle saleté ! Quelle pourriture ! Ahhhhhh ! Avec un qu'on sait même pas si c'est un homme ou une femme ! *Ma iu a 'stu grannissimu fituso l'ammazu cu le mè mano !* Mais moi, ce très grand pourri, je vais le tuer de mes propres mains !

Leur échappant, elle se précipita à la cuisine, déplaça un énorme réfrigérateur à roulettes. Montalbano comprit tout de suite.

— Lamarca, emmène-la dans une autre pièce.

Le jeune gars avait beau être bien costaud, il eut beaucoup de mal à traîner hors de la pièce la dame qui maintenant ne rugissait plus mais s'était mise à pleurer.

Le commissaire se baissa pour examiner attentivement le sol et remarqua qu'un groupe de carreaux formait un bloc unique.

— Ça, c'est une trappe. Galluzzo et Di Grado, essayez de l'ouvrir.

Au bout d'un quart d'heure, ils n'y étaient toujours pas arrivés. Puis Montalbano remarqua qu'à côté de la prise du frigo il y avait un petit bouton. Il posa un doigt dessus et la trappe s'ouvrit sans faire le moindre bruit. Le classique tunnel sans issue des mafieux. Tandis que Galluzzo et Di Grado pointaient leurs mitraillettes, le commissaire se pencha vers l'entrée et dit, en se mettant les mains en porte-voix :

— Sortez tout de suite, ou je vous balance une grenade !

Galluzzo et Di Grado le fixèrent, ahuris. Où elle était, la grenade ? À ce moment-là, apparurent d'abord les bras levés, puis le visage balafré de Vittorio Carmona, tueur et garde du corps.

— Menottez-le ! C'est un assassin en cavale ! dit le commissaire.

Ensuite apparut Franco Sinagra. Il était en caleçon, avec ses vêtements à la main.

— Je vous arrête comme commanditaire des meurtres de Manzella Filippo et de Verruso Matilde et pour la tentative de meurtre contre l'inspecteur-chef Fazio.

— Je peux m'habiller ?

— Non.

Ce fut une journée délirante. Journalistes, télévisions, interviews téléphoniques, le Questeur furieux parce que ce con d'Arquà lui avait remis une lettre emmerdante qu'il aurait dû donner à Montalbano. Et que, en la lui donnant à lui, il l'avait mis dans la merde. Tommaseo qui avait compris que dalle et allait partout dire que c'était grâce à lui. La scène de Sinagra en caleçon et menotté dans tous les journaux télévisés nationaux…

À 9 heures du soir, il était en voiture, mort de fatigue, en train de rentrer à Marinella, quand le portable sonna. C'était Angela.

— Un instant, lui dit-il.

Il se rangea au bord de la route et alors, seulement, parla.

— Angela, merci pour tout. Tu as été très bien ! Tu as joué à merveille avec Tommaseo ! Sans toi… Tu as su ?

— Comment j'aurais pu ne pas savoir ? Les télévisions n'ont parlé que de ça ! Pourquoi tu ne m'as pas appelée ?

Il avait oublié, tout simplement.

— Excuse-moi, Angela, mais avec tout ce qui se passait…

— Je comprends.

— Maintenant, tu n'as plus rien à craindre, personne ne pourra te faire chanter ni te contraindre à faire ce que tu ne veux pas.

— Tu sais, Salvo, j'ai pensé que…

— Je t'écoute.

— Ne le prends pas mal. Mais tu vois, étant donné que nous n'avons plus de raisons de nous voir…

Un coup au creux de l'estomac. Mais elle avait raison, la petiote.

Quel motif avaient-ils de se voir ?

— … ce soir, tu ne viens pas chez moi.

— Ne te vexe pas, Salvo, essaie de me comprendre.

— Je ne me vexe pas et je te comprends très bien.

— Tu m'excuses, hein ? Et appelle-moi quand tu veux. Au revoir.

— Au revoir.

Assis sur la véranda, en compagnie d'une dose de mélancolie, il tenta de se consoler avec une énorme portion de caponata.

NOTE

Comme déjà pour *Les Ailes du sphynx*, ce roman a une lointaine origine dans une coupure de presse envoyée par mon providentiel ami Mauzio Assalto, que je remercie ici. Il paraît qu'il n'est pas superflu de déclarer que les noms et prénoms des personnages, les situations, les épisodes, les milieux, appartiennent à mon imagination et non à la réalité. Mais quand on écrit, même en inventant, est-ce qu'on ne fait pas toujours référence à la réalité ? En tout cas, pour éviter toute équivoque, la déclaration en question, je la fais.

A.C.

Composé par Facompo
187, rue Calmette-et-Guérin, 14100 Lisieux

Imprimé en France par CPI
en décembre 2015

POCKET - 12, avenue d'Italie - 75627 Paris Cedex 13

N° d'impression : 3014528
Dépôt légal : janvier 2016
S26598/01